소중한 _____ 에게

_____ 가(이) 선물합니다.

_____

노트르담의 꼽추

빅토르 위고 지음

1802년 프랑스 브장송에서 태어났으며, 1817년 아카데미 프랑세즈 콩쿠르와
1819년 툴르즈 아카데미 콩쿠르에 시가 입상되면서 작품 활동을 시작했습니다. 그 이후
시집 「오드와 잡영집」, 「동방 시집」, 소설 「아이슬란드의 한」, 희곡 「크롬웰」 등을 발표하면서 작가로서의
자리를 잡아 나갔습니다. 한때 정치에 관심을 쏟기도 했으나 루이 나폴레옹(나폴레옹 3세)이 쿠데타로 제정을
수립하려 하자 이를 반대하다 추방되어 망명길에 올랐습니다. 벨기에를 거쳐 영국 해협의 저지섬과
간디섬에서 보낸 19년간의 망명 기간 동안 「징벌 시집」, 「정관 시집」, 「여러 세기의 전설」 등의 시집과 장편 소설
「장발장(레 미제라블)」, 「바다의 노동자」, 「웃는 사나이」 등을 집필. 귀국 후 차례로 발표했습니다.

권태문 엮음

경북 안동에서 태어나, 매일신문 · 서울신문 신춘문예에 각각 동화가 당선되어 작품 활동을
시작했습니다. 한국아동문학인협회 부회장을 지냈으며 한국문인협회 이사 · 과천문인협회 회장으로 활동했습니다.
그동안 장편 동화집 「바구니에 담은 별」, 단편 동화집 「거꾸로 자라는 소」, 과학 동화집 「개미들의 뽀뽀뽀」와
「똑소리 나는 글쓰기 과외」, 「똑소리 나는 논술 과외」 등의 책을 펴내, 한국아동문학상 · 세종아동문학상 ·
소천아동문학상 · 박홍근아동문학상 · 율목문학상 등을 받았습니다.

2025년 04월 10일 2판 10쇄 **펴냄**
2011년 08월 25일 2판   1쇄 **펴냄**
2004년 07월 01일 1판   1쇄 **펴냄**

펴낸곳 (주)효리원
펴낸이 윤종근
지은이 빅토르 위고
엮은이 권태문 · **그린이** 박요한
등록 1990년 12월 20일 · **번호** 2-1108
우편 번호 03147
주소 서울시 종로구 삼일대로 457, 406호
전화 02)3675-5222 · **팩스** 02)765-5222

잘못 만들어진 책은 구입하신 서점에서 바꾸어 드립니다.
ISBN 978-89-281-0120-7 64860

이메일 hyoreewon@hyoreewon.com
홈페이지 www.hyoreewon.com

노트르담의 꼽추

빅토르 위고 지음
권태문 엮음 / 박요한 그림

효리원
hyoreewon.com

「노트르담의 꼽추」는 프랑스의 작가 빅토르 위고가 1831년에 지은 명작이다. 진정한 사랑은 받는 것이 아니고 주는 것이다. 그러나 대부분의 사람들은 사랑한다고 하면서 받기만을 원한다.

이 작품에서는 집시 여자를 사이에 두고 사랑을 차지하려는 남자들의 이야기가 펼쳐진다. 시인 그랭구아르, 근위대장 페뷔스, 클로드 부주교 들은 사랑받기를 원하는 대표적인 인물이며 아주 이기적인 사람들이다. 그들은 사랑은 적당히 이용하는 것이고, 내 것으로 만드는 것이고, 내 것으로 빼앗는 것이라고 생각한다. '쓰면 뱉고 달면 삼키는' 격언 속의 주인공들이다.

그러나 종지기 카지모도는 마음속에 티없이 맑은 사랑을 간직하고 있다. 카지모도는 아주 비정상적인 육체를 가지고 태어났다. 그는 꼽추에 애꾸눈, 절름발이 괴물로 사람들에게 비웃음을 사고 놀림을 당하며 살아왔다.

육체적으로 상처받은 사람이지만 마음은 비단결보다 곱고 아름답다. 사람들은 카지모도를 이해하지 못하고 저주하기도 했다. 아무도 자기를 알아주지 않지만 그는 집시 여자 에스메랄다의 무덤까지찾아가 사랑을 나누다가 함께 죽는다. 물론 에스메랄다는 카지모도를 동정으로 대하지만 카지모도는 그것에 아랑곳하지 않고 마음을 소리 없이 준다. 또한 티없이 깨끗하기만 한 사랑을 죽어서도 이루려고 한다. 이것이 진정한 사랑이 아닐까?

집시 여자로, 멸시를 받으며 광장에서 춤을 추며 생활하던 에스메랄다와 그녀를 미워하던 귀딜 수녀와의 만남은 큰 감동을 준다. 모녀 사이라는 걸 분홍 신 한 짝씩으로 확인하는 장면에서는 가슴이 뭉클해진다. 피는 물보다 진하다는 말의 뜻을 알 수 있게 된다. 또한 죽음의 문턱에 선 딸 에스메랄다를 목숨을 걸고 구하려는 귀딜 수녀의 항거에서는 숭고한 모정을 엿볼 수 있다. 눈시울을 적시게 하는 장면이 아닐 수 없다.

이 작품 속에는 왕과 귀족들의 부당한 독재와 그에 항거하는 시민들, 뒷골목 빈민가에서 펼쳐지는 거지들의 행동이 다채롭게 그려지고 있다. 이것은 15세기 프랑스 사회의 한 모습이라고 볼 수 있다.

이 작품은 비극으로 끝을 맺지만, 겉으로 드러나는 외모나 지위보다 내면의 아름다움이 더 중요하다는 것을 말해 준다.

엮은이 권대응

차례

망쳐 버린 공현절 연극

'댕그랑 댕그랑⋯⋯.'

성당의 종소리가 이른 아침부터 거리거리에서 은은히 울려 퍼졌다. 1482년 1월 6일 공현절이었다. 이날은 온 파리 시민을 들뜨게 하는 성당의 축제일이다. 파리 시민들은 아침부터 축제에 대한 기대로 한껏 부풀어 있었다.

해마다 공현절이면 시내 광장에서는 불꽃놀이가 벌어지고, 각 성당에서는 식목제가 열린다. 법원에서는 연극이 공연된다. 이날도 파리 시민들은 축제가 열리는 광장으로, 연극이 공연되는 법원으로 몰려가고 있었다.

행사 중에서 법원의 종교 연극이 시민들의 관심을 가장 많이 끌었다. 바로 이틀 전에 도착한 플랑드르의 사신들이 연극 공연과 가장(얼굴이나 몸차림을 알아보지 못하게 바꾸어 꾸밈) 교황 선발식, 즉 가짜 교황을 선발하는 자리에 참석한다는 소식 때문이었다. 사람들은 연극 공연보다 가장 교황 선발에 더 관심이 있었다. 법원에는 이미 대강당이 꽉 들어찰 정도로 많은 사람들이 모여 있었다.

연극은 12시에 시작하기로 되어 있었다. 사람들은 아침부터 몰려와 연극 공연을 기다리고 있었다. 어떤 사람들은 맨 먼저 들어가기 위해 문 앞에서 밤을 샜다고 했다. 시간이 갈수록 대강당은 발 디딜 틈도 없을 만큼 사람들로 가득 찼다. 사람들은 창문턱과 조각상 위에까지 올라가 있었다.

그들은 연극이 시작되기를 기다리다 지쳐 아우성이었다. 숨이 막힐 듯했다. 제 시간에 연극이 공연되지 않자, 불평과 야유가 쏟아져 나왔다. 젊은 패거리들은 유리창을 부수고 창문턱에 올라앉아 떠들어 대고 있었다. 그때였다.

"누군가 했더니 풍차간의 장 프롤로 뒤 물랭이 아닌가?"

금발의 청년을 보고 누군가 외쳤다.

"풍차간의 장! 자네 이름은 아무리 생각해도 참 그럴듯하단 말야. 그리고 있으니까 자네 팔다리가 꼭 바람을 타고 도는 풍차

날개 같거든. 별명 하나는 그만이야. 언제부터 여기서 기다리고 있었나?"

"네 시간도 더 될걸? 내가 기다린 시간만큼은 보상을 받아야 할 텐데, 어디 가서 받지?"

장 프롤로가 빈정거리듯 말했다.

그러자 지루함을 견디다 못해 농담들을 주고받았다.

"난 아침 일찍 샤실라왕의 8인 성가대원들이 미사 드리는 걸 보았다네."

"멋진 성가대원들이지. 그들의 목소리는 꾀꼬리 같거든. 미사를 드리기 전에 성 요한께서 좋아하실지 어떨지 국왕께서 여쭤봤어야 하는데 말야."

"좋아하긴! 다 성가대원들을 부려먹기 위한 수단으로 그러는 거지."

짓궂은 농담들을 듣다 못한 한 노파가 끼어들었다.

"돈도 썩었는가 봐. 미사 한 번 올리는 데 1천 리브르나 쓴다는 거야. 그것도 우리 같은 가난뱅이의 생선 가게에서 거둔 돈으로 말이야. 세상에 이럴 수가 있어?"

"그런 일에는 당연히 정성을 바쳐야지. 나라를 위한 미사가 아닌가. 국왕께서 몸져누우시면 어쩌려고."

노파 옆에 있던 뚱뚱한 영감이 한 마디 거들었다. 기둥 꼭대기에 매달린 장 프롤로가 다시 빈정거렸다.

"그 말씀 한번 잘했소이다, 왕실 모피 장사꾼 영감님!"

모피 장사꾼이라는 말에 학생들은 '와아!' 웃음보를 터뜨렸다. 그는 자기에게 쏠린 시선을 피해 쥐구멍이라도 있으면 숨고 싶었다. 한 마디도 대꾸하지 못한 채 땀만 뻘뻘 흘리고 있었다.

그때 누군가가 모피 장사꾼의 편을 들었다. 그는 뚱뚱하고 땅딸막했다.

"이런 버릇없는 녀석들! 어른한테 무슨 말을 그렇게 해? 예전 같았으면 회초리로 마구 후려갈겨 정신을 못 차리게 했을 거야."

"지금 호통을 치는 사람이 누구요? 재수 없는 부엉이처럼 왜 나서는 거요?"

학생들도 가만히 있지 않았다. 그들은 일제히 아우성을 치기 시작했다. 그러고는 저마다 한 마디씩 욕을 퍼부었다.

"옳지, 난 또 누구시라고! 대학 서점 상인이신 앙드레 뮈스니에 나리시군."

학생들은 저마다 뮈스니에를 향해 빈정거리기 시작했다.

"고얀 녀석들!"

뮈스니에는 주먹을 불끈 쥐고 소리쳤다. 찡그린 얼굴엔 노기가 가득 차 있었다.

"입 닥치시지! 안 그러면 재미없어요."

학생들의 소란은 그칠 줄 몰랐다.

"참 말세로구나. 세상이 거꾸로 되어도 한참 되었단 말이야."

뮈스니에는 귀를 막으며 중얼거렸다.

'댕그랑 댕그랑⋯⋯.'

바로 그때, 정오를 알리는 종소리가 울려 퍼졌다.

공연장 안은 쥐 죽은 듯 고요해졌다. 곧 연극이 시작될 것이기 때문이다. 그러나 연극은 바로 시작되지 않았다. 15분이 지나도 감감 무소식이었다. 무대는 텅 비고 조용했다. 배우들의 모습은 코빼기도 보이지 않았다.

"연극을 왜 안 하는 거냐? 이 얼간이들아!"

여기저기서 고함이 터져 나왔다. 참을성 있게 기다리던 사람들이 웅성거리기 시작했다.

"빨리 시작하라. 안 그러면 닭 모가지 비틀듯 저세상으로 보내 버리겠다."

장 프롤로가 성이 나서 고래고래 고함을 질렀다.

"때려치워라! 때려치워!"

공연장 안에 있는 사람들도 흥분하여 주먹을 불끈 쥐고 소리를 질러 댔다.

그때 막의 한쪽이 열리고 누군가가 앞으로 나와 꾸벅 절을 하였다. 공연장 안은 물을 끼얹은 듯 조용해졌다. 구경꾼들의 눈은 무대 쪽으로 쏠렸다.

"시민 여러분! 추기경을 모시고 「성모 마리아의 훌륭한 심판」이라는 연극을 보여 드리게 됨을 영광으로 생각하는 바입니다. 주피터 역은 제가 맡았습니다. 추기경께서 오시면 곧 시작하겠습니다."

"당장 연극을 시작하라. 빨리 시작하지 않으면 배우들과 추기경을 잡아 목을 매달겠다."

구경꾼들은 다시 소리소리 지르며 재촉했다.

주피터는 얼굴이 새파랗게 질린 채 겁을 먹고 벌벌 떨었다.

"추기경께서는……."

주피터는 말을 더듬거리며 꾸벅꾸벅 절을 하였다.

하지만 공연장 안은 조용해지지 않았다.

그때 난간 한쪽에 있던 남자가 주피터에게 다가갔다. 그 남자는 금발에 주름이 잡힌 얼굴이었다. 그러나 눈은 빛나고, 입가에는 미소가 흘렀다. 그는 주피터에게 말했다.

"주피터! 곧 시작하시오. 구경꾼들을 안심시켜야 되지 않겠소? 법원장님은 내가 책임지겠소. 추기경은 법원장님이 달래실 테고."

주피터는 그제야 마음이 놓이는지 밝게 웃으며 구경꾼들을 향해 목청껏 외쳤다.

"시민 여러분! 곧 막을 올리겠습니다!"

구경꾼들의 박수와 환호 소리가 뒤섞여 공연장을 뒤흔들었다. 주피터가 이 말을 남기고 무대 뒤로 사라지자, 무대에서 한 남자가 내려왔다. 두 아가씨가 다가와 그 남자에게 말을 걸었다.

"선생님! 이번 연극이 재미있을까요?"

"그럼요. 말씀드리기 부끄럽지만……, 사실 대본은 제가 쓴 것입니다."

"정말이세요?"

두 아가씨는 놀라 눈을 동그랗게 뜨고 물었다.

"이번 연극은 사실 두 사람이 지은 셈이죠. 무대 장치는 장 마르샹, 대본은 피에르 그랭구아르, 그게 바로 접니다."

연극은 좀처럼 시작되지 않았다. 그러나 곧 시작한다고 했기 때문에 구경꾼들은 잠자코 기다릴 뿐이었다.

"사람을 조롱하는 거냐? 연극을 시작해라! 그렇지 않으면 우

리가 시작하겠다. 따끔한 맛 좀 볼 테냐?"

　장 프롤로가 또다시 소리쳤다. 그것이 신호가 된 듯 음악이 시작되었다. 배우들이 무대 위에 나란히 서서 관객들을 향해 허리를 굽혀 인사했다. 공연장 안은 갑자기 조용해졌다.

　음악이 멎고 마침내 연극이 시작되었다. 구석진 기둥 뒤에서 누구보다도 연극을 유심히 바라보는 사람이 있었다. 대본을 쓴 그랭구아르였다. 그는 연극이 관객의 흥미를 끌고 박수가 터져 나오기를 기다렸다.

그때였다. 누더기를 걸친 거지 하나가 관객들 사이에 끼여 있는 것이 보였다. 관객들의 눈길이 거지에게로 옮겨 가고 있었다. 거지의 오른팔에는 붕대가 감겨 있었다.

"저 거지가 동냥을 하고 있네!"

장 프롤로가 낄낄거리며 소리를 질렀다. 그 바람에 연극은 중단되고 말았다.

"한 푼 줍쇼."

거지는 이제 떳떳하게 관객들 사이를 헤집고 돌아다녔다. 관객들의 눈길이 모두 거지에게로 쏠렸다.

"난 누구라고? 클로팽 트루유푸 아냐?"

장 프롤로가 거지가 내민 모자에 동전 한 닢을 던지며 아는 체를 했다.

거지는 계속 관객들 사이를 돌아다니며 모자를 내밀었다. 대본을 쓴 그랭구아르는 연극을 계속하라고 배우들을 다그쳤다. 배우들은 겨우 제정신을 차리고 다시 연극을 시작했다. 그러나 다시 시작된 연극은 어딘지 모르게 부자연스러웠다. 뭔가 곧 터질 것만 같은 분위기였다.

그때 갑자기 귀빈실의 출입문이 열렸다.

"추기경께서 도착하셨습니다."

추기경의 도착을 알리는 우렁찬 목소리가 들려왔다.

"추기경이다! 추기경!"

관객들은 여기저기서 떠들어 댔다.

배우들의 말소리는 아예 들리지도 않았다. 연극은 또다시 중단되고 말았다. 추기경은 문으로 들어와서 잠시 걸음을 멈추었다. 관객들은 추기경을 보려고 발꿈치를 들며 소란을 피웠다.

추기경은 근엄한 얼굴로 관객들을 둘러보며 미소를 지었다. 그러고는 관객들을 향해 인사하고 안락 의자가 있는 곳으로 천천히 걸어갔다. 수행원들이 그의 뒤를 따랐다.

그랭구아르는 그만 얼굴이 일그러졌다. 연극을 망친 것에 대해 분통이 터졌다.

"사절단이 들어오셨습니다!"

사절단은 수도원 원장과 시장을 앞세우고 위풍당당하게 들어왔다. 사절단 가운데는 약삭빠르고 교활한 얼굴도 섞여 있었다. 그는 추기경 앞으로 나아가 고개를 숙였다. 참의원 교므 랭이었다. 이때 문지기와 실랑이를 벌이는 사람이 있었다. 문지기는 마부가 따라 들어오는 줄 안 모양이었다.

"여기가 어디라고 함부로 들어가려는 거요?"

"나도 귀한 손님이오. 들어갈 만한 자격이 있소."

그 사람은 큰 소리로 떠들었다. 모두 그쪽으로 귀를 기울이기 시작했다.

"이름이 뭐요?"

"양품점 주인 자크 코프놀이오."

보다 못한 참의원 교므 랭이 그리로 다가갔다.

"시장의 비서라고 말하시오. 그래야만 들어갈 수 있어요."

교므 랭이 가느다란 소리로 속삭였다.

"그렇게 하게, 시장님의 비서라고."

추기경도 문지기에게 말했다.

그러자 코프놀이 더욱 큰 소리로 말했다.

"나는 양품점의 옷장수 코프놀이란 말이오. 더 이상 뺑튀기 하지 마시오."

이 말을 들은 관객들은 일제히 웃음을 터뜨리며 좋아했다. 추기경 앞에서도 아무 거리낌 없는 그의 태도가 관객들의 환심을 샀다. 오히려 추기경과 같은 귀빈보다 더 큰 즐거움을 주었다. 다시 관객들의 눈길이 귀빈석으로 쏠렸다.

"한 푼 줍쇼."

한동안 말없이 자리에 앉아 있던 거지가 다시 구걸을 하기 시작했다. 뒤에 있던 코프놀이 거지 클로팽의 어깨를 툭툭 쳤다. 뒤를 돌아본 거지는 깜짝 놀랐다. 그들은 관객들의 눈길은 아랑곳하지 않고 반갑게 서로의 손을 잡았다.

"이거 뜻밖이군."

두 사람은 작게 속삭였다. 관객들이 다시 소란을 피웠다. 추기경이 이 모습을 보고 눈살을 찌푸렸다.

"법원장! 저 거지를 강물에 던져 버리시오."

추기경은 노여움을 참지 못하고 마침내 고함을 버럭 질렀다. 코프놀은 깜짝 놀랐다. 그러나 정신을 가다듬고 추기경을 바라보았다.

"추기경님! 이 사람은 제 친구입니다."

코프놀은 거지의 손을 잡은 채 애원하듯 말했다.

관객들은 코프놀의 말을 듣고 낄낄대며 웃음을 참지 못했다. 연극은 엉망이 되었다. 이런 판국에 연극이 제대로 진행될 리가 없었다. 연극보다 오히려 추기경 앞에서 당당한 코프놀의 모습이 관객들을 사로잡았다. 이로 인해 코프놀의 이름은 파리 시민들에게 널리 알려지기 시작했다.

한편, 연극 대본을 쓴 그랭구아르는 발을 동동 굴렀다. 그는 추기경에게 연극을 다시 진행할 것을 간청했다. 그런 다음 무대를 향해 소리쳤다.

　"연극을 다시 시작하라!"

　그랭구아르의 말에 배우들은 다시 무대 위에 올라갔다. 그러자 한 무리의 학생들이 객석에서 고함을 질렀다.

　"집어치워라!"

　무대 위의 배우들이 다시 멈칫했다.

　"계속해라!"

　그랭구아르는 더 큰 소리로 외쳤다.

　"학생들이 소란을 피우는군요. 저 불량배 학생들을 퇴장시킬까요? 아무래도 연극을 제대로 보시려면 그렇게 해야 할 것 같은데요?"

　법원장은 추기경의 마음이 상할까 봐 조심스럽게 말했다.

　"그냥 두시오. 곧 잠잠해질 테니 연극이나 진행하시오."

　"추기경님께서 연극을 계속하라 하신다."

　법원장의 말에 배우들은 힘이 난 모양이었다. 몸놀림이 빨라졌다. 이때 코프놀이 자리에서 벌떡 일어섰다.

　"지금 무얼 하고 있는 거요? 연극인지 장난인지 도무지 모르겠소. 차라리 춤이나 광대놀이를 하는 것이 훨씬 더 낫겠소. 듣기로는 오늘 가장 교황을 선발한다고 하던데 그걸 하면 어떻겠소?"

코프놀이 큰 소리로 외치자 공연장 안은 다시 조용해졌다. 사람들의 시선은 모두 그에게 쏠렸다. 코프놀은 계속해서 말을 이어나갔다.

"판자에 구멍을 뚫은 후 한 사람씩 구멍으로 머리를 내밀고 가장 추악하게 얼굴을 찡그린 사람이 가장 교황으로 뽑히는 거요. 어떻겠소?"

"그거 멋진 생각이오."

"찬성이오, 찬성!"

공연장 여기저기에서 환호성이 터져 나오고 박수의 물결이 출렁거렸다. 그랭구아르는 그만 울화통이 터졌다. 그러나 더 이상은 어쩔 수가 없었다.

가장 교황 선발은 공현절 행사 가운데 가장 유명했다. 사람들은 사실 이 행사를 제일 좋아했다.

가장 교황 꼽추

정말 순식간이었다. 반대하는 사람은 한 사람도 없었다. 가장 교황 선발을 위한 준비는 착착 진행되었다. 대리석 탁자 맞은편에 있는 기도소가 가장 교황을 선발하는 무대였다. 후보들은 무대의 둥근 유리창을 깨고 그 구멍으로 얼굴을 내밀기로 하였다. 가장 교황 후보에는 남녀 구별이 없었다.

'저런저런……'

추기경은 너무 어이가 없어 말도 잇지 못하고 입속으로 중얼거리기만 했다.

"아, 미사 시간이 다 되었군."

추기경은 미사를 핑계로 수행원들을 데리고 자리를 떴다. 사람들은 이미 추기경의 거동에 대해서는 아무런 관심도 없었다. 나가든 들어오든 알 바 아니라는 표정들이었다.

마침내 가장 교황 선발 대회가 시작되었다. 맨 처음 구멍으로 내민 얼굴을 보고 구경꾼들은 웃음을 참지 못했다. 뒤집은 눈꺼풀, 딱 벌린 입, 잔뜩 주름진 이마는 더욱더 웃음을 참지 못하게 했다. 뒤를 이어 찌푸린 얼굴들이 계속 구멍으로 내밀어졌다. 그때마다 웃음보가 터졌다.

"아이, 망측해라."

"저 얼굴 좀 봐."

"아니, 저런 흉측한 상판대기는 처음 보는데."

"차라리 남자 얼굴이라면 말을 하지 않을 텐데……. 여자 얼굴이 저게 뭐람."

사람들이 여기저기서 떠들어 대기 시작했다. 공연장이 또다시 소란스러워졌다. 그랭구아르는 다시 한 번 고래고래 소리를 질렀다.

"연극을 계속해라, 계속해!"

하지만 이 소리는 사람들의 시끄러운 소리에 묻히고 말았다. 관객들은 찡그린 얼굴 구경에 온통 정신이 팔려 있었다. 연극의 관객은 오직 그랭구아르뿐이었다.

"젠장……."

그랭구아르의 얼굴이 일그러졌다. 그는 혼자 투덜거리며 사방을 둘러보았다. 그때 그의 눈에 뚱뚱한 남자 하나가 연극 무대 쪽을 바라보고 있는 게 보였다. 그는 뚱뚱한 남자에게 다가가 말을 걸었다.

"정말 감사합니다."

그런데 뚱뚱한 남자는 사실 무대를 보고 있는 게 아니라 졸고 있었다. 그 모습이 멀리서 바라보면 마치 무대를 보고 있는 것 같았다.

"뭐가 감사하다는 거요?"

뚱뚱한 남자는 하품을 하면서 대꾸했다. 이 남자는 감옥의 총무였다.

"구경꾼들의 시끄러운 소리 때문에 연극 대사를 제대로 들을 수 없지요? 지금 공연하고 있는 연극을 어떻게 생각하시오?"

"제법 재미있는 연극인 것 같소."

뚱뚱한 남자는 또다시 늘어지게 하품을 하며 몇 마디 의미 없는 말을 내던졌다. 그러나 더 이상은 말을 주고받을 수가 없었다. 사람들의 우레와 같은 함성과 박수 때문이었다.

"와! 드디어 가장 교황이 뽑혔다."

사람들은 여기저기서 흥분하여 외쳐 댔다. 유리창 구멍으로 보이는 얼굴은 정말로 괴상망측했다. 그 괴상망측한 얼굴에 사람들은 또 한 번 웃음을 터뜨렸다. 코프놀도 떠들면서 박수를 보냈다.

구경꾼들은 기도소 쪽으로 몰려가 새 가장 교황을 데리고 나왔다. 새 가장 교황의 얼굴을 본 사람들은 자지러지게 놀라 입을 다물 줄 몰랐다. 유리창 구멍으로 보인 찡그린 얼굴은 본래의 얼굴이었다. 가면을 쓴 얼굴도, 일부러 찡그린 얼굴도 아니었다.

그는 얼굴뿐 아니고 온몸 전체가 일그러져 있었다. 곤두선 붉은 머리털, 어깨 사이에 달린 커다란 혹, 심하게 뒤틀린 다리, 커다란 발, 괴물 같은 손등은 마치 부서진 거인의 몸 조각을 아무렇게나 짜맞추어 놓은 것 같았다. 그러나 병신이라기엔 힘도 세고 동작도 날쌔 보였다.

"카지모도다!"

"노트르담의 꼽추다!"

"맞다. 애꾸눈 카지모도다!"

"노트르담의 종지기 카지모도다! 절름발이 카지모도!"

많은 사람들이 단번에 새 가장 교황을 알아보았다.

　그때 학생 하나가 새 가장 교황으로 뽑힌 카지모도 앞으로 다가가 얼굴을 바짝 대고 깔깔 웃어 댔다. 일그러진 카지모도의 얼굴이 더 일그러진 듯했다. 카지모도는 대뜸 그 학생의 허리띠를 잡아 사람들 속으로 힘껏 내동댕이쳤다.

"와, 대단하다. 난생 처음 보는 장사야. 로마에
갖다 세워 놓아도 조금도 모자람이 없겠어. 가장
교황감이 되고도 남아. 암, 그렇고말고."

양품점 주인 코프놀이 감격하여 카지모도 옆으
로 다가가 어깨에 손을 얹었다.

"하하하, 참 멋진 놈이군. 너하고 한바탕 질펀하게 먹고 싶구나. 어때?"

코프놀의 말에 카지모도는 아무 말이 없었다.

"귀먹었어? 왜 대답이 없어?"

그래도 카지모도는 아무런 대답이 없었다. 그는 정말 귀머거리였던 것이다. 카지모도는 코프놀의 태도에 화가 치밀어 그를 노려봤다. 카지모도의 무시무시한 모습에 코프놀은 겁을 먹고 뒤로 물러섰다. 사람들이 몰려와 카지모도의 주위를 에워쌌다.

"꼽추, 절름발이, 애꾸눈, 귀머거리. 한 군데 제대로 생긴 건 입밖에 없군. 그런데 말은 왜 안 하는 거야?"

누군가가 지껄여 댔다

"말하고 싶을 때는 말을 한다우. 노트르담의 종을 치느라 귀를 먹었을 뿐이지, 벙어리는 아니거든."

옆에 있던 어떤 노파가 대꾸했다.

"참 흠잡을 데 없는 가장 교황감이로군."

코프놀은 더욱 큰 소리로 말했다.

사람들은 가장 교황 카지모도에게 관을 씌우고 옷을 입혔다. 카지모도는 아무 소리 않고 사람들이 시키는 대로 했다. 그들은 카지모도를 울긋불긋하게 꾸민 뚜껑 없는 가마에 앉혔다.

교황 가장제의 임원 열두 명이 가마를 어깨에 메었다. 카지모도의 얼굴은 조금 긴장되어 보였다.

"법원 복도로 나가자."

가마꾼들이 외치며 밖으로 나갔다. 이런 소란에도 연극은 계속되고 있었다.

"삼 년 묵은 체증이 내려앉는 것같이 시원하다. 어서 꺼져라. 이 훼방꾼들아!"

그랭구아르는 큰 소리로 부르짖었다.

대강당은 썰물이 빠져나간 듯했다. 여자 몇 명과 노인들이 자리에 그대로 남아 있을 뿐이었다.

"연극을 이해해 주는 사람이면 돼. 백 사람의 구경꾼보다 알짜배기 구경꾼 하나가 낫지."

그랭구아르는 스스로를 위로했다. 그때였다.

"에스메랄다! 광장에 에스메랄다가 와 있다!"

한 젊은이의 부르짖음에 그나마 남아 있던 사람들마저 모두들 밖으로 뛰쳐나갔다. 에스메랄다를 향해 박수 소리가 요란하게 터졌다.

"죽도 밥도 아니군. 위대한 시인이 쓴 연극을 몰라주다니!"

그랭구아르는 연극을 단념하고 대강당을 나섰다.

광장의 집시 처녀

거리는 벌써 어둠에 휩싸여 있었다. 그랭구아르는 광장을 두리번거리며 먹을 것을 찾았다. 연극에 신경을 쓰느라고 하루 종일 굶었던 것이다. 그러나 먹을 만한 것은 눈에 띄지 않았고, 주머니를 뒤져도 동전 한 푼 손에 잡히지 않았다. 제대로 공연되지 않은 연극에 누가 돈을 주겠는가?

주머니가 텅텅 빌 수밖에 없었다.

'어떻게 하면 좋지?'

지금까지 묵고 있던 숙소로도 돌아갈 수가 없고, 그렇다고 거리를 마구 쏘다닐 수도 없었다.

숙소의 방세는 여섯 달 치나 밀려 있었다. 오늘 연극 공연을 해서 번 돈으로 밀린 방세를 갚으려고 했었다. 그런데 물거품이 되었으니 발걸음이 떨어질 리가 없었다.

'어디로 가야 할까?'

그랭구아르는 생각 끝에 광장으로 나갔다. 하루 종일 굶은 터라 몹시 추위를 느꼈다. 광장 한복판에는 모닥불이 활활 타오르고 있었다. 그는 모닥불을 향해 발걸음을 옮겼다.

불 주위에는 많은 사람들이 모여 있었다. 사람들을 비집고 들어갈 틈이 없어 추위를 녹이기조차 힘들었다.

"망할 녀석들 같으니라고!"

그랭구아르는 투덜거렸다.

그때 광장에서 웬 처녀가 춤을 추고 있었다.

"저렇게 아름다울 수가!"

그녀의 몸매는 호리호리했으며, 살갗은 금빛으로 빛났다. 그녀는 천사인지 사람인지 분간할 수 없을 정도로 눈부시게 아름다웠다. 모닥불이 타오르는 듯한 그녀의 검은 눈동자는 사람들의 마음을 사로잡았다.

"뭐야, 집시 아가씨로군!"

그랭구아르는 실망하면서 중얼거렸다. 집시춤을 추고 있는 그 처녀는 에스메랄다였다. 집시는 일정하게 사는 곳이 없고 방랑

생활을 하는 종족이었다. 하지만 사람들은 여전히 그녀의 춤에 빠져들었다. 모닥불은 강렬한 빛을 내며 사람들의 둘레를 붉게 물들였다.

사람들 중에는 춤추는 에스메랄다를 유심히 바라보는 한 남자가 있었다. 그는 잠시도 그녀에게서 눈을 떼지 않았다.

얼마 뒤에 에스메랄다는 춤을 멈추고 숨을 고르느라 쌔근거렸다. 사람들의 박수가 터져 나왔다.

"잘리!"

에스메랄다가 부르자 한쪽 구석에 앉아 있던 흰 염소가 다가왔다. 잘리는 금빛 뿔과 금빛 발에 금빛 목걸이를 한 염소였다. 에스메랄다는 앉아서 방울이 달린 조그만 북을 염소에게 내밀었다.

"지금이 몇 월이지?"

에스메랄다의 말에 염소는 앞발을 들어 북을 한 번 쳤다.

"와! 정말 신기하다."

사람들은 염소를 향해 환호성을 질렀다. 지금은 1월이 틀림없었다.

"잘리, 오늘은 며칠이지?"

그녀는 북을 다른 쪽으로 돌려 놓고 물었다. 그러자 염소는 앞발을 들어 북을 여섯 번 쳤다.

"잘리, 지금은 몇 시지?"

에스메랄다의 물음에 염소는 다시 발을 들어 북을 일곱 번 쳤다. 이때 광장에 있는 큰 시계가 일곱 시를 가리켰다. 사람들은 더욱 감탄했다.

"이건 마술이야!"

에스메랄다의 춤을 유심히 바라보던 대머리 남자가 말했다. 그러나 그 소리는 사람들의 박수 소리에 이내 묻혀 버렸다. 에스메랄다는 다시 염소에게 물었다.

"잘리! 성축절에 기마대장 기샤르 그랑 나리는 어떻게 하지?"

그러자 염소는 뒷발로 일어서더니, 매애매애 울면서 점잖게 걷기 시작했다. 사람들은 염소의 흉내에 일제히 웃음보를 터뜨렸다.

"잘리! 교회 법정 검사 자크 샤르몰뤼 나리는 어떻게 설교하지?"

그러자 염소는 엉덩이를 땅바닥에 깔고 주저앉아 앞발을 좌우로 휘저었다. 검사 흉내를 똑같이 냈다. 사람들의 박수 소리는 광장을 뒤흔들었다.

"이건 하느님을 욕하는 행동이다!"

대머리 남자가 다시 소리쳤다.

에스메랄다는 방울북을 사람들에게 내밀었다. 방울북 안으로 동전이 수없이 쏟아졌다. 에스메랄다는 그랭구아르 앞에 와서 방울북을 내밀었다.

하지만 그랭구아르의 호주머니에는 동전이 있을 턱이 없었다. 그의 이마에서는 식은땀이 흘렀다.

그때 누군가 에스메랄다에게 큰 소리로 욕설을 퍼부었다.

"썩 꺼지지 못해, 이 집시 계집애야!"

캄캄한 광장 구석에서 날카롭게 터져 나온 목소리의 주인공은 뜻밖에도 여자였다. 뒤이어 소란스런 아이들의 목소리가 들려왔다.

"롤랑 탑의 할머니가 아직도 저녁을 못 먹었나 봐. 남은 음식이라도 갖다 주자."

아이들은 이렇게 지껄이며 기둥집으로 몰려갔다. 둥근 기둥이 집을 떠받치고 있어서 모두들 기둥집이라고 불렀다.

그랭구아르는 할머니가 무척 고마운 생각이 들었다. 동전 한 푼 못 넣어 체면 구기는 위기를 모면하게 해 주었기 때문이다. 그랭구아르도 아이들 뒤를 따라갔다.

"배 속에선 꼬르륵, 잠잘 곳 없어 오들오들……."

그랭구아르는 이렇게 중얼거렸다.

어디에선가 아름다운 노랫소리가 들려왔다. 에스메랄다의 노랫소리였다. 그랭구아르는 노랫소리에 취해 배고픔도 추위도 잊었다. 노래를 듣고 있던 그랭구아르의 눈에 이슬이 맺혔다.

그때 가장 교황 행렬이 들이닥쳤다. 그들은 횃불을 들고 광장으로 모여들었다. 어느새 가장 교황 행렬에는 많은 사람들이 뒤따랐다. 파리의 모든 건달, 도둑, 거지 들이었다.

가마 위에 앉은 카지모도의 추악한 얼굴에도 자랑스러움과 행복한 마음이 깃들어 있었다. 그는 정말로 교황이 된 것 같은 흥분에 사로잡혔다.

그때 누군가가 달려와 카지모도의 금빛 지팡이를 낚아챘다. 대머리 부주교 클로드 프롤로였다. 카지모도는 대머리 남자를 보자 가마에서 뛰어내려 얼른 그 앞에 가서 무릎을 꿇었다. 카지모도는 두 손을 비비며 고개를 숙인 채 이상한 몸짓을 했다. 그 손짓은 부주교에 대한 수화였다.

부주교의 굳은 얼굴은 풀리지 않았다. 사람들은 아무 말도 못하고 멍하니 바라보기만 했다. 부주교는 성난 얼굴로 카지모도의 어깨를 힘껏 잡아 흔들며 따라오라는 신호를 했다. 그러자 카지모도는 급히 일어나 사람들을 밀치며 부주교에게 길을 터

주었다.

에스메랄다는 염소를 데리고 광장을 벗어났다. 그녀는 종종걸음으로 걸었다. 그랭구아르는 잠잘 곳을 부탁할 수 있을까 싶어 에스메랄다의 뒤를 따라갔다.

"저 집시 여자도 갈 곳이 없는가 보군."

그랭구아르는 측은한 생각이 들어 혼자 중얼거렸다.

에스메랄다는 누군가 뒤따르는 인기척을 느끼자 걸음을 빨리했다. 그러다 잠시 발걸음을 멈추고 뒤를 돌아보았다. 그러자 그랭구아르는 조금 떨어져서 걸었다.

바로 그때, 에스메랄다의 외마디 비명 소리가 들려왔다.

그랭구아르는 깜짝 놀라 소리나는 곳으로 뛰어갔다. 두 괴한이 발버둥치는 에스메랄다의 입을 틀어막고 있었다. 염소 잘리는 겁에 질려 '매애매애' 울어 댔다.

"누구 없어요? 누가 좀 구해 줘요!"

그랭구아르가 소리치며 뛰어갔다.

그런데 두 괴한 중 한 사람은 뜻밖에도 무시무시한 얼굴의 카지모도였다. 그랭구아르는 무서워서 발걸음이 떨어지지 않았다. 카지모도는 그랭구아르를 한 대 후려치고는 멀리 내동댕이쳤다. 그랭구아르는 엉덩방아를 찧으며 바닥으로 나가떨어졌다. 카지모도는 이내 에스메랄다를 번쩍 안고 어둠 속으로 사라졌다. 괴한 하나도 카지모도의 뒤를 따라 사라졌다. 염소도 슬프게 울어 대며 뒤를 쫓았다.

"사람 살려요! 사람 살려!"

에스메랄다가 발버둥치며 외쳐 댔다. 바로 그때였다.

"웬 놈들이냐? 그 여자를 냉큼 내려놓아라."

순찰하던 기병 하나가 소리치며 달려왔다. 그는 긴 칼을 손에 들고 완전 무장한 근위대장이었다.

뒤따라 열댓 명의 근위병들이 나타났다. 근위대장은 어리둥절한 채 서 있는 카지모도의 팔에서 에스메랄다를 빼앗아 말에 태웠다. 놀란 카지모도가 에스메랄다를 다시 빼앗으려고 달려들자, 근위병들이 달려와 그를 꽁꽁 묶었다. 발버둥치는 카지모도도 어쩔 수 없이 꽁꽁 묶인 채 근위병들에게 끌려갔다. 카지모도의 또 다른 일행은 그만 줄행랑을 쳤다.

"나리, 정말 고맙습니다."

에스메랄다는 말안장에서 몸을 일으키며 말했다.

"난 페뷔스 드 샤토페르 근위대장입니다."

"고맙습니다. 이 은혜 잊지 않겠습니다."

에스메랄다는 공손히 인사한 뒤 말에서 내렸다.

방황하는 사람

    한편, 그랭구아르는 땅에 내던져진 채 정신을 잃었다. 얼마가 지났는지 모른다. 그는 몹시 차가운 느낌이 들어 퍼뜩 정신이 들었다.

    "어허! 내가 이런 시궁창에 처박히다니. 망할 놈의 꼽추."

    그랭구아르는 시궁창에서 간신히 몸을 일으키며 투덜거렸다. 그의 엉덩이는 얼어붙은 듯 차가웠고, 감각이 무뎌지고 있었다. 그때 한 무더기의 아이들이 떠들면서 달려왔다. 시내를 떠돌아 다니는 거지 아이들이었다.

    "야! 저 길모퉁이의 철물 장수 할아버지가 죽었어. 할아버지의 짚이불로 불을 피우자."

거지 아이들이 소리치며 짚더미를 던졌다. 그게 공교롭게도 그랭구아르의 몸 위로 떨어졌다. 곧이어 그중 한 아이가 짚에 불을 붙이려 했다.

"이런! 잘못하다가는 여기서 불귀신이 되겠구나. 난 죽으면 안 돼."

그랭구아르는 안간힘을 쓰며 짚이불을 던져 버렸다. 그러고는 쏜살같이 달렸다.

"어! 철물 장수 할아버지가 되살아났다!"

거지 아이들은 깜짝 놀라 멀리 줄행랑을 쳤다.

그랭구아르는 정신 없이 도망치는 바람에 그만 길을 잃고 말았다. 그는 다시 오던 길을 되돌아갔다.

얼마쯤 가다가 희미한 불빛을 발견했다. 희미한 불빛을 따라 난 길에는 사람들이 벌레들처럼 기어가는 것 같았다. 그랭구아르는 그쪽으로 발길을 돌렸다. 한참을 가다가 앉은뱅이를 보았다. 겁이 난 그는 살금살금 지나치려 했다.

"한 푼 줍쇼, 나리!"

앉은뱅이는 애처롭게 손을 내밀었다.

"오늘은 정말 재수 없는 날이군. 오나가나 내게 손 내미는 거지뿐이니. 저리 꺼져!"

그랭구아르는 버럭 고함을 지르며 걸어갔다.

이번에는 가다가 한쪽 팔이 대롱거리는 곰배팔이 절름발이를 만났다. 그가 말을 건넸으나 도대체 무슨 말인지 알아들을 수 없어 못 본 척하고 지나쳤다.

세 번째 만난 거지는 맹인이었다. 그는 지팡이를 짚고 손을 내밀었다.

"나리, 한 푼 도와줍쇼!"

"내가 무슨 자선가나 되는 줄 아나 봐. 여보게, 난 지난주에 내 셔츠를 마지막으로 팔았다네."

그랭구아르는 등을 돌리고 걸음을 재촉했다. 마침내 거리의 맨 마지막 끝에 다다랐다. 그랭구아르는 불빛이 깜박이는 광장으로 갔다.

그의 뒤로 절름발이가 지팡이를 던져 버리고 멀쩡하게 걸어왔다. 맹인도 두 눈을 똑바로 뜨고 있었으며, 앉은뱅이는 두 발로 걸어왔다. 그들은 장애인이 아니고 모두 멀쩡한 보통 사람들이었다.

"어딜 가는가?"

절름발이 행세를 하던 사람이 퉁명스럽게 물었다.

"여기가 어디죠?"

그랭구아르는 겁에 질려 엉뚱하게 물었다.

"기적궁도 몰라?"

"기적궁이라니! 그럼 왕은 어디 있죠?"

그러나 그들 중 누구도 이 물음에 대답하지 않았다. 그저 싸늘한 웃음을 터뜨릴 뿐이었다.

"이놈을 왕한테 데리고 가자!"

그들에게 이끌려 도착한 곳은 허름한 술집이었다. 그들이 기적궁이라 부르는 곳은 바로 거지 소굴이었다. 기적궁의 낡아빠진 탁자들 위엔 포도주와 맥주 항아리가 널려 있었다. 크고 둥근 받침돌 위에는 불꽃이 이글거렸다. 모닥불 옆의 술통에 거지 하나가 앉아 있었다. 거들먹거리며 앉아 있는 남자가 거지들의 왕인 듯했다.

"이놈은 웬 개뼈다귀냐?"

술통 위에서 거드름을 피우던 거지 왕이 퉁명스럽게 물었다. 매우 위협적이고 거친 말투였다.

그 목소리를 듣는 순간, 그랭구아르는 고개를 번쩍 들었다.

"아니……!"

그랭구아르의 눈이 휘둥그레졌다.

오늘 법원 대강당에서 관객들에게 구걸하던 그 거지였다. 그

때문에 연극을 망친 걸 생각하니 이가 갈렸다.

그는 누더기 옷에 왕의 표식을 달고 있었으며, 가죽 채찍을 들고, 머리에는 왕관 비슷한 테를 두른 모자를 쓰고 있었다. 거지 왕의 위엄이 듬뿍 묻어났다.

'마음을 놓아도 될 것 같군.'

그랭구아르는 기적궁의 거지 왕이 법원의 대강당에서 구걸하던 거지라는 사실에 조금 마음이 놓였다.

"나리, 전하, 아니 폐하……. 뭐라고 불러 모셔야 될지 모르겠군요."

"나리든 전하든 폐하든 네가 부르고 싶은 대로 부르려무나. 넌 뭐 하는 놈이냐?"

"저는 오늘 아침에……."

"네 이름부터 말해라."

그를 끌고 간 거지가 말했다.

"그랭구아르입니다."

"나로 말하자면 아르고 왕국의 대왕인 클로팽이다. 너는 우리 왕국을 침범했다. 네가 도둑놈이나 거지나 떠돌이가 아니라면 벌을 받아야 한다. 어서 네 정체를 밝혀라."

"저는 시인이요, 극작가인 피에르 그랭구아르입니다."

"됐다. 다른 말은 듣지 않아도 알겠다. 너를 교수형에 처하겠다. 너희들에게 너희들의 법이 있듯이 우리에게도 우리의 법이 있다. 오늘 너를 우리들의 법으로 다스리겠다. 죽기 전에 네게 기도할 시간을 주겠다."

클로팽의 판결은 엄했다.

'호랑이에게 물려 가도 정신만 차리라고 했다.'

그랭구아르는 침착하게 말했다.

"대왕님! 저는 피에르 그랭구아르라고 합니다. 오늘 아침 법원에서 공연된 연극의 대본을 쓴 작가입니다."

"응, 작가 선생이시군. 연극이 제대로 공연되지 않아 퍽 기분이 안 좋았겠군."

클로팽이 비웃으며 말을 이었다.

"나도 거기 있었지. 그렇다고 해서 교수형을 면했다는 착각은 하지 말게."

그랭구아르는 거지 왕인 클로팽의 말이 가벼운 농담이 아니라는 걸 느꼈다.

"대왕님! 시인은 거지 틈에 끼어서는 안 된다는 법이라도 있습니까? 방랑자 이솝도 그랬고, 검객 호메로스와 도둑 메르큐리스도 그랬고……."

거지 왕은 그랭구아르의 말을 가로막았다.

"아, 넌 말이 너무 많아. 그런다고 벌을 면할 것 같으냐? 어림없어."

"대왕님! 제 말을 끝까지 들어 주십시오. 그렇지 않고서는 판결을 내릴 수 없습니다."

그랭구아르는 애원했다. 거지 왕은 눈을 지그시 감고 한참 있었다.

"교수형을 면하는 길이 있기는 한데……."

거지 왕은 잠시 말을 끊고 그랭구아르를 바라보았다.

"그게 무엇입니까?"

그랭구아르는 그 말에 귀가 번쩍 뜨였다.

"우리 패거리에 들어오겠느냐?"

우선 살고 볼 일이었다. 나중 일은 또 그때 생각하기로 했다.

"그렇게 하겠습니다."

그랭구아르는 얼른 대답했다.

"그럼 소매치기단에 들어오는 거야. 할 수 있겠나?"

"물론입니다."

"넌 아르고 왕국의 신하가 되는 거야. 알겠어?"

"네, 영광이옵니다."

그랭구아르는 다시 감격해서 외쳤다. 지키고 안 지키는 것은 나중 일이었다.

"그래도 넌 교수형을 면치 못할 것이다."

"뭐라고요?"

그랭구아르는 화들짝 놀랐다.

"거지가 되겠다고 해서 모두 되는 건 아니다. 네놈이 쓸모가 있다는 증거를 보여 줘야 한다."

거지들은 방울 달린 마네킹을 밧줄에 매달아 놓았다. 그 아래에는 낡은 의자가 놓여 있었다.

"저 의자 위에 올라서라."

거지 왕은 의자를 가리키며 명령했다.

"왼쪽 발끝으로 서서 마네킹의 주머니에 있는 지갑을 꺼내는 일이다. 소매치기가 되려면 이 정도는 돼야지. 방울 소리가 나지 않게 지갑을 꺼내면 넌 거지가 될 것이다. 만일 방울 소리가 나면 교수형이다."

그랭구아르는 하늘이 노래지는 것 같았다. 할 수 없이 낡은 의자에 올라섰다. 더 이상 피하거나 지연시킬 방법이 없었다.

그랭구아르는 주위를 둘러봤다. 동정어린 눈길을 보내 주는 이는 아무도 없었다. 모두들 웃고 있었다. 그랭구아르는 오른발을 왼쪽 다리에 꼬아 왼발 끝으로 서서 손을 뻗었다. 그러나 마네킹에 손을 대기도 전에 몸의 균형을 잡지 못하고 나동그라지고 말았다.

"저놈의 목을 매달아라!"

거지 왕은 가차없이 말했다.

거지 부하가 그랭구아르의 목에 밧줄을 걸더니 어깨를 툭툭 치며 말했다.

"잘 가게. 이젠 어쩔 수 없네. 살아날 길이 없어."

거지 왕이 손을 높이 들면 그랭구아르의 목에 밧줄이 감겨 숨을 거두게 된다.

"잠깐!"

거지 왕의 손이 올라가다가 멈추었다.

"깜빡 잊었군. 우리 법에는 목을 매달기 전에 저놈을 살 여자가 있는지 물어 보도록 되어 있지. 자, 이제 마지막 기회다."

"여자들아! 너희들 가운데 나를 차지할 여자가 없느냐?"

그랭구아르가 애원하듯 소리쳤다.

"싫어요!"

여자들이 이렇게 소리쳤다. 그러나 그들 중에서 세 여자가 앞으로 나왔다. 그들은 먼저 그랭구아르의 냄새를 맡았다.

첫 번째 여자가 얼굴을 찌푸리며 돌아섰다. 두 번째 여자도 등을 돌렸다. 세 번째 여자가 측은한 듯 한참 동안 서 있다가 그냥 돌아섰다. 그의 마지막 희망이 사라진 것이었다. 그랭구아르는 눈을 지그시 감았다.

이때 아름다운 처녀 하나가 나타났다. 에스메랄다였다. 에스메랄다는 사뿐사뿐 걸어서 그랭구아르의 옆으로 다가왔다. 염소가 그녀의 뒤를 따랐다.

"이 남자를 정말로 죽일 거예요?"

에스메랄다가 거지 왕에게 물었다.

"물론이다. 네가 저놈을 남편으로 삼지 않는다면……."

"그럼 제 남편으로 삼겠어요."

에스메랄다의 말이 떨어지기가 무섭게 그랭구아르의 목에 걸린 밧줄이 풀어졌다. 그랭구아르는 의자에서 내려왔다.

거지 왕은 찰흙으로 만든 항아리를 가져왔다.

에스메랄다는 그 항아리를 받아 그랭구아르에게 내밀었다.

"이 항아리를 땅바닥에 던지세요."

그랭구아르는 에스메랄다의 말대로 항아리를 힘껏 던졌다. 항아리는 네 조각으로 깨어졌다.

"좋아, 형제여! 이 여자는 네 아내다. 누이여! 이 남자는 4년

동안 네 남편이다."

이렇게 해서 그랭구아르는 에스메랄다 덕에 간신히 목숨을 구할 수 있었다.

얼마 후, 그랭구아르는 천장이 낮은 방 안에서 예쁜 처녀와 마주 앉아 있었다. 하지만 에스메랄다는 그랭구아르에게 아무 관심도 없었다. 그녀는 염소와 이야기를 하기도 하고 의자를 옮기기도 하였다.

'비록 내 연극을 망친 여자지만 내 목숨을 구해 주지 않았나. 나를 남편으로 맞아 준 걸 보면 나를 사랑하는 게 틀림없어.'

그랭구아르는 혼자 생각하며 빙그레 웃음을 머금었다. 그러고는 에스메랄다 옆으로 다가가 손을 잡았다.

"왜 이러는 거예요?"

에스메랄다는 차갑게 말했다.

"우린 이미 부부가 되기로 약속하지 않았소?"

에스메랄다는 뜻밖의 말에 눈이 휘둥그레졌다.

"뭘 그리 놀라는 거요?"

"누가 당신의 아내가 되겠다고 했어요?"

"그럼 왜 나를 남편으로 삼겠다고 했소?"

"그럼 당신 목을 매달도록 그냥 내버려 둘 걸 그랬나요?"

"단지 나를 살려 주기 위해서 아내가 되겠다고 한 겁니까?"

"그럼, 내가 딴 생각이 있어서 그런 줄 아세요?"

"알겠소. 그럼 저녁이나 좀 주시오."

에스메랄다는 검은 빵 한 덩어리와 시든 사과 한 조각, 맥주한 잔을 가져왔다. 그랭구아르는 그것을 허겁지겁 먹었다. 에스메랄다는 그 모습을 말없이 바라보고만 있었다. 그랭구아르는 배가 부르니까 또 엉뚱한 생각이 났다.

그는 에스메랄다에게 다시 말을 걸었다.

"당신은 나를 남편으로 삼을 생각이 정말 없단 말이오?"

"그걸 말이라고 해요?"

에스메랄다는 당연하다는 듯이 말했다.

"애인으로는요?"

"싫어요!"

에스메랄다는 입을 비쭉 내밀었다.

"그럼, 친구로는요?"

"그건 괜찮을 것 같군요."

에스메랄다는 한참 생각하다가 대답했다.

"우정이라는 게 어떤 것인지 아시오?"

"그것은 오누이 같은 거예요. 두 마음이 서로 섞이지 않고 마주 닿는 것이죠."

"그럼 사랑은요?"

"그건 둘이면서 하나가 되는 것이죠."

그랭구아르는 계속해서 물었다.

"당신의 마음에 들자면 어떻게 하면 되겠소?"

"남자가 되어야죠."

"난 남자가 아니오?"

"남자면 다 남자인가요?"

에스메랄다는 야무지게 대답했다.

"그럼 어떤 남자가 남자인가요?"

그랭구아르는 어리둥절하여 다시 물었다.

"나를 지켜 줄 수 있는 남자가 진짜 남자죠."

"칼을 차고 말을 타지 않는다고 나를 남자로 보지 않는다는 말이오? 아니면 혹시 누군가를 사랑하고 있단 말이오?"

그랭구아르의 말에는 힘이 없었다.

에스메랄다는 한동안 머뭇거리더니 야무지게 대답했다.

"두고 보면 알게 될 거예요."

그랭구아르는 얼른 말머리를 돌렸다.

"어떻게 카지모도의 손아귀에서 벗어났지요?"

"말도 마세요. 너무도 끔찍한 일이에요. 생각하기도 싫어요."

에스메랄다는 한숨을 쉬고는 더 입을 열지 않았다.

"왜 그놈이 당신을 쫓아왔는지 알고 있소?"

"몰라요. 그러는 당신도 내 뒤를 밟았잖아요?"

두 사람 사이에 한참 동안 침묵이 흘렀다. 에스메랄다는 옆에 누워 있는 염소를 쓰다듬었다.

"참 예쁜 염소군요."

"제 동생이에요."

"사람들은 당신을 에스메랄다로 부르는데, 왜 그러죠?"

"나도 모르겠어요."

"당신은 프랑스 사람이 아니군요?"

"잘 몰라요."

"부모님은 계세요?"

에스메랄다는 대답 대신 노래를 불렀다.

우리 아빠는 새

우리 엄마도 새

난 배가 없어도 물을 건너요.

에스메랄다는 처량하게 노래를 불렀다.

그러고는 아무 말 없이 마룻바닥만 내려다보고 있다가 갑자기 이렇게 물었다.

"페뷔스란 무슨 뜻이에요?"

그랭구아르가 자신 있게 대답했다.

"라틴어로 '태양'이라는 뜻이에요."

"태양이라고요?"

에스메랄다는 고개를 들고 그랭구아르를 바라봤다.

"다른 뜻으로는 아름다운 사수였던 신의 이름이기도 합니다."

"신이라고 했나요!"

에스메랄다는 고개를 끄덕이며 감탄하여 중얼거렸다.

재판정의 카지모도

16년 전의 일이었다. 부활절이 지난 첫 일요일 아침, 미사가 끝난 뒤였다. 노트르담의 성당 앞뜰 왼쪽에는 나무로 만든 탁자가 하나 있었다. 그 탁자는 버려진 아이를 갖다 놓는 곳이었다. 또 누구든지 버려진 아이를 키우기 원하는 사람은 데려갈 수 있었다.

그날도 탁자 위에서 한 어린애가 울어 대고 있었다. 사람들이 그 주위에서 수군거리고 있었다. 하지만 어린애를 데려갈 사람은 아무도 없었다.

"이게 뭐죠?"

"어린애가 아니에요. 원숭이가 되다 만 것 같아요."

"이런 끔찍한 괴물은 처음 봐요."

"사람이랑 돼지를 합쳐 놓은 것 같아요."

어린애를 본 사람들은 혀를 끌끌 차면서 한 마디씩 했다.

이 작은 괴물은 누가 보아도 어린아이라고 할 수 없었다. 몰골이 말이 아니었다. 꿈틀거리는 작은 덩어리가 울퉁불퉁한 머리만 내밀고 있는 꼴이었다. 툭 불거진 머리에 하나뿐인 눈에서는 눈물이 흘러내리고 있었다.

"저 아래 고아원에나 갖다 주면 모를까, 누가 데려가겠어? 그나저나 젖을 물릴 유모나 있을까? 나 같으면 차라리 흡혈귀에게 젖을 물리겠어."

모두 얼굴을 찌푸리며 말할 뿐, 어린아이를 데려갈 사람은 나서지 않았다. 여자들의 얘기에 귀를 기울이고 있던 젊은 신부가 사람들 앞으로 나왔다.

"그 아이는 내가 데려가겠소."

젊은 신부는 자기 옷으로 어린애를 감싸안고 성당 안으로 들어갔다. 그 신부가 바로 클로드 프롤로였다.

어린애는 정말로 흉측하게 생긴 기형아였다. 왼쪽 눈 위에 물사마귀가 있었고, 머리는 어깨 속으로 푹 들어가 있었으며, 등뼈는 활처럼 휘어져 있었다. 또한 가슴뼈는 불룩 나와 있었으

며, 다리는 비틀려 있었다.

젊은 신부는 이 아이에게 영세를 주고 양아들로 삼았다. 그리고 카지모도라는 이름을 지어 주었다. 카지모도란 '겨우 모양을 갖추었다.'는 뜻이다.

카지모도는 열네 살이 되던 해에 노트르담의 종지기가 되었다. 종지기가 되고 나서는 날마다 종을 치는 바람에 그만 고막이 터져, 마침내는 소리를 못 듣는 귀머거리가 되었다.

카지모도는 자라면서 남을 미워하는 것만 배웠다. 언제나 사람들로부터 조롱과 미움을 받았기 때문이다. 그러나 성당은 참으로 편안했다. 그곳에서는 아무도 그를 비웃거나 조롱하지 않았다.

'다른 사람들에게 웃음거리가 되는 게 싫어서 내 귀가 들리지 않는 거야.'

카지모도는 이때부터 입을 열지 않았다. 물론 말도 제대로 할 수 없었지만, 누구와도 이야기하는 것을 싫어했다.

클로드 부주교와는 수화로 말을 나누었다. 그는 카지모도를 데려다 키운 젊은 신부였다. 카지모도는 클로드 부주교와 마음으로 말을 나누고 있는 셈이었다. 클로드 부주교도 건장한 사람들보다 카지모도를 더 사랑했기 때문에 그에겐 아주 엄격했다.

그것은 동생 장 프롤로를 제대로 교육시키지 못한 데 대한 죄책감 때문인지도 모른다. 카지모도는 클로드 부주교 외에는 세상 모든 사람들을 미워했다. 아무도 거들떠보지 않은 자신을 거두어 준 클로드 부주교에 대한 사랑과 존경심은 한없이 컸다.

클로드 부주교는 그를 양자로 삼아 먹여 주고 길러 주었으며, 말하고 쓰고 읽는 것을 가르쳐 주었다. 카지모도는 한순간도 그 고마움을 잊은 적이 없었다. 두 사람이 함께 지나다니면 사람들은 빈정대거나 손가락질하기가 일쑤였다.

그러나 두 사람은 이런 소리를 듣지도, 손가락질을 알아차리지도 못했다. 카지모도는 귀머거리였고, 클로드 부주교는 항상 명상에 잠겨 앞만 보고 걸었기 때문이다.

축제일 다음 날은 언제나 바쁘고 고달팠다. 축제 때 쏟아져 나온 쓰레기들을 치우는 일은 짜증밖에 나지 않았다. 시민들은 '기둥집' 앞에서 어제의 즐거웠던 장면을 회상하기도 했다. 기둥집은 광장 중앙에 우뚝 솟은 집이다. 옛날에 황태자가 살았다 해서 '동궁'이라고도 불리고, 그 후 시청으로 사용되었기 때문에 '관청'이라고도 불렀다.

또한 원기둥이 집을 떠받치고 있기 때문에 요즘에는 '기둥집'

이라고 불렀다.

법원에서는 이날 재판이 있었다. 몰려드는 방청객을 다루는 일도 여간 어려운 것이 아니었다. 재판이 시작되었다.

"근위병들이 동원된 걸 보니 큰 죄인이 잡혔나 보네. 아니, 저건 어제 우리가 뽑은 가장 교황 카지모도잖아!"

장 프롤로가 나지막하게 속삭였다.

카지모도는 밧줄에 꽁꽁 묶인 채 교도관들에게 둘러싸여 있었다. 판사는 카지모도에 대한 소송 서류를 꼼꼼히 훑어보더니 한참 무언가를 생각하는 것 같았다.

판사도 너무 나이가 들어서 귀가 어두웠다. 그래서 항상 재판 전에 소송 서류를 꼼꼼히 훑어보는 습관이 생겼다. 재판 도중 실수를 저지르지 않기 위해서였다. 그러나 방청객들은 이런 사실을 전혀 눈치채지 못했다.

"피고의 이름은?"

이러고 보니 귀머거리가 귀머거리를 심문하는 꼴이 되었다. 카지모도는 판사의 얼굴만 멀뚱히 쳐다볼 뿐이었다.

판사는 카지모도도 귀가 들리지 않는다는 사실을 몰랐기 때문에 계속 심문을 해 나갔다.

"나이는?"

카지모도는 역시 대답이 없었다.

판사는 대답을 한 줄 알고 심문을 계속했다.

"직업은?"

카지모도는 역시 아무 대답도 하지 않았다.

판사는 이번에도 카지모도가 대답한 줄 알고
판결을 내렸다.

"피고가 이 법정에 서게 된 것은 첫째, 밤중에 소란을 피운 죄, 둘째, 집시 여자에게 행패를 부린 죄, 셋째, 국왕 폐하의 근위병에게 반항한 죄다. 이 사실을 인정하는가? 그렇지 않다면 자신의 무죄를 증명해 보라."

잠시 법정은 쥐 죽은 듯이 조용해졌다.

"서기! 피고인이 지금까지 말한 것을 다 기록했는가?"

판사의 터무니없는 질문에 서기와 방청객들은 웃음을 터뜨렸다. 카지모도는 뒤를 돌아다보며 굽은 등을 들썩거렸다.

'이런 고약한 것!'

판사는 카지모도가 자기를 모욕한 줄 알고 화가 치밀어 올랐다. 방청객 속에서는 아직도 웃음을 참지 못하고 킥킥거리는 소리가 들렸다.

"이런 고얀 놈을 봤나? 판사에게 무례하게 굴다니."

판사는 방청석이 소란스러운 걸 느끼고, 조용히 하도록 피고에게 큰 소리를 쳤다.

바로 그때, 문이 열리더니 시장이 들어왔다. 시장은 법정의 분위기를 보고 이맛살을 찌푸렸다. 시장은 자리에 앉자마자 입을 열었다.

"넌 뭘 잘못했기에 여기에 끌려왔느냐?"

"카지모도라 합니다."

카지모도는 자기의 이름을 묻는다고 생각했다. 그의 엉뚱한 대답에 방청객들은 또 한 번 웃음보를 터뜨렸다.

"아니, 네가 시장인 나를 조롱하는 거냐?"

시장이 버럭 화를 냈다.

"노트르담의 종지기입니다."

카지모도는 자기의 직업을 묻는 줄 알고 이렇게 대답했다.

"뭐? 종지기라고?"

시장은 점점 기분이 나빠졌다.

"나이는 스무 살입니다."

카지모도는 다음엔 나이를 묻는 줄 알고 이렇게 대답했다.

"저런 고얀 놈을 봤나? 시장을 조롱하다니. 여봐라, 저놈을 그레브 광장 형틀에 묶고 매우 쳐라."

판사는 시장을 조롱하는 것에 몹시 화가 나서 이렇게 판결을 내렸다.

"참, 훌륭한 판결이군."

장 프롤로가 방청석 한 구석에서 소리 내어 빈정거렸다.

그레브 광장에는 축제의 흔적들이 고스란히 남아 있었다. 여기저기 종이 조각이며 누더기, 음식 찌꺼기들이 너절하게 널려 있었다.

사람들은 축제와 가장 교황 이야기를 나누며 형틀이 있는 쪽으로 걸어갔다.

마침내 죄인이 끌려왔다. 죄인은 벌거벗긴 채 형틀에 끌어올려졌다. 사람들은 우우~! 야유를 보냈다. 고문관이 채찍을 휘둘렀다. 카지모도는 놀라움과 고통으로 얼굴이 일그러졌다. 채찍질은 계속되었다. 결국 카지모도는 쓰러지고 말았다. 그는 마치 죽은 사람처럼 조금도 움직이지 않았다.

마침내 형벌이 끝났다. 카지모도는 형틀 위에 그대로 매달려 있었다. 교도관이 피가 철철 흐르는 카지모도의 어깨를 닦고 고약을 발라 주었다.

카지모도의 이런 모습을 동정하는 사람은 아무도 없었다. 온갖 욕설이 비 오듯 쏟아졌다. 저주와 야유의 웃음소리가 광장을 맴돌았다.

카지모도는 분노와 증오의 눈으로 사람들을 둘러보았다. 그때, 말을 탄 클로드 부주교의 모습이 멀리서 보였다. 부주교가 가까이 오자, 카지모도의 얼굴이 밝아졌다. 그러나 죄인의 얼굴을 알아본 클로드 부주교는 곧바로 말머리를 돌렸다. 카지모도의 얼굴이 다시 일그러지기 시작했다.

"물! 물을 줘!"

카지모도는 갈증과 고통 속에서 고래고래 소리를 질렀다. 그러나 사람들은 깔깔거리며 카지모도를 비웃을 뿐이었다.

카지모도의 얼굴은 피범벅이 되었다. 분노에 떨고 있는 애꾸눈, 고통으로 거품이 일고 있는 입, 반쯤 빠져나온 혀는 꼭 짐승 같았다. 카지모도는 계속 물을 달라고 외쳤다.

바로 그때, 한 처녀가 사람들을 비집고 나왔다. 그 뒤로 염소 한 마리가 따라왔다. 에스메랄다였다. 에스메랄다는 물병을 카지모도의 바싹 마른 입술에 대 주었다. 지금까지 증오로 불타던 카지모도의 눈에 눈물이 흘러내렸다. 태어나서 처음으로 흘려 보는 눈물이었다.

카지모도는 물 마시는 것도 잊고 있었다. 에스메랄다가 다시 물병을 카지모도의 입에 대 주었다. 카지모도는 그제야 물을 벌컥벌컥 마셨다. 그 광경을 지켜 보던 인정 없는 사람들도 감동하여 박수를 쳤다.

"에스메랄다! 참 훌륭하다."

수모를 당한 에스메랄다

　사람들은 인정 많은 에스메랄다에게 또 한 번 박수를 보내며
소리쳤다.

　광장 서쪽에는 롤랑의 옛 집이 있다. 이 집은 3세기 전 롤랑
공주가 십자군 원정 때 돌아가신 아버지를 위해 지은 집이다.
집이 높아 롤랑 탑이라고도 부른다.

　롤랑 공주는 20년을 이 집에서 아버지의 명복을 빌며 지내다
가 고이 잠들었다.

　이 집에 독방이 하나 있었다. 광장 쪽으로만 나 있는 창문으로
바깥 세상을 구경할 수 있었다. 롤랑 공주는 이 독방에서 한 많
은 삶을 마감하였다.

롤랑 탑은 비운의 집이었다. 지금 그 롤랑 탑의 독방에는 귀될 수녀가 지내고 있었다.

"저주받을 집시 계집애! 너도 훗날 그 형틀에 올라가게 되리라."

독방에서 창밖을 내다보던 귀될 수녀가 저주를 퍼부었다. 귀될 수녀의 목소리는 계속 들려왔다.

"자루 수녀의 끔찍한 잔소리가 또 시작되는군."

"그러게 말이야. 어휴, 자루 수녀의 잔소리는 언제 들어도 소름 끼쳐!"

사람들은 귀될 수녀를 향해 중얼거렸다.

그러나 더 이상은 말을 하지 않았다. 사람들은 귀될 수녀의 괴팍한 성격을 두려워했다. 자루 수녀는 귀될 수녀의 별명이다. 독방에서 혼자 지내는 것을 빗대어서 사람들은 그녀를 그렇게 불렀다.

3월 어느 맑은 날이었다. 성당 건너편의 호화로운 저택 발코니에서 아가씨들이 이야기꽃을 피우고 있었다. 이 집 딸 플뢰르 드 리스와 그녀의 친구들이었다. 옆에는 리스의 약혼자인 근위대장 페뷔스가 서 있었다.

그때, 발코니에서 광장을 내려다보고 있던 일곱 살 소녀 베랑제르가 외쳤다.

"리스 고모님! 저기 광장에서 예쁜 여자가 북을 치며 춤을 추고 있어요."

광장에서 방울북 소리가 은은히 들려왔다.

"집시 여자겠지."

"떠돌이 여자에게 웬 관심들인지."

발코니에 있던 아가씨들이 시큰둥하게 말했다.

"참, 언젠가 순찰을 돌다가 집시 여자를 구해 준 적이 있다고 했죠?"

리스가 약혼자 페뷔스에게 물었다.

"그런 것 같소."

"혹시 저기 춤추고 있는 여자가 그 처녀 아니에요?"

"아마 그런 것 같군요. 저 염소를 보니……."

"리스 고모님! 저 위에 검은 옷을 입은 사람은 누구예요?"

베랑제르가 노트르담의 탑을 가리키며 물었다.

아가씨들의 눈길이 모두 그쪽으로 쏠렸다. 정말 탑 맨 꼭대기 난간에 팔꿈치를 대고 광장을 내려다보는 신부가 있었다.

"저분은 부주교님이셔."

리스가 목소리를 높여 말했다.

"부주교님도 집시 처녀의 춤추는 모습을 정신 없이 바라보시네? 왜 그러실까?"

한 아가씨가 눈을 동그랗게 뜨고 말했다.

"부주교님은 집시를 별로 좋아하지 않으신다던데?"

"아무튼 집시 처녀를 저렇게 바라보시다니, 정말 이상해."

모두들 이상한 눈으로 바라보았다.

"저 여자를 알고 있다니, 이리 오라고 해 보세요."

갑자기 리스가 페뷔스에게 말했다. 그러자 거기 모인 아가씨들도 손뼉을 치며 좋아했다.

"저 여자는 날 잊어버렸을지도 몰라요. 또 난 저 여자의 이름도 모르고. 하지만 모두들 보고 싶어 하니 한번 불러 보죠. 이봐, 아가씨!"

페뷔스는 춤추는 집시 여자를 불렀다.

그녀는 소리 나는 쪽으로 고개를 돌렸다. 순간 에스메랄다는 춤을 멈추고 페뷔스를 바라보았다.

"저를 부르셨나요?"

에스메랄다가 자신을 가리키며 되물었다.

"그렇소!"

페뷔스는 고개를 끄덕이며 손으로 오라는 신호를 보냈다.

에스메랄다는 방울북을 손에 들고 저택으로 다가왔다. 에스메랄다가 집 안으로 들어오자 분위기가 갑자기 서먹서먹해졌다. 에스메랄다는 그야말로 보기 드문 미인이었다.

아가씨들은 에스메랄다를 위아래로 훑어보며 쌀쌀한 표정을 지었다. 미인이라고 추켜세우기에는 자존심이 허락하지 않았던 것이다.

'이상하다. 불러 놓고 왜 말이 없을까?'

에스메랄다가 도리어 이상하게 여기며 방 안의 아가씨들을 물끄러미 쳐다보았다.

"아주 미인 아가씨로군! 리스, 그렇지 않소?"

페뷔스가 먼저 입을 열었다. 그는 약혼자 리스를 보고 눈을 찡긋했다.

"밉지는 않군요."

리스는 은근히 질투가 나서 빈정대는 말투로 답했다.

"짧은 치마가 천박해 보이는군."

"집시는 믿을 수가 없어요."

다른 아가씨들도 비꼬는 말투로 멸시의 눈초리를 보냈다.

에스메랄다는 그들의 말에 얼굴을 붉히며 입술을 지그시 깨물었다. 분노와 수치심으로 얼굴이 이내 굳어졌다.

"아가씨! 이리 가까이 와요."

리스의 어머니가 에스메랄다를 불렀다.

에스메랄다는 부인 옆으로 걸어 갔다.

"아름다운 아가씨, 날 알아볼 수 있어요?"

이때, 페뷔스가 에스메랄다를 불러 세우고 말했다.

"알고말고요."

에스메랄다는 그제야 웃으며 상냥하게 대답했다.

"기억력 하나는 좋군요."

리스는 여전히 쌀쌀맞은 말투였다. 그녀의 말 속에는 가시가 박혀 있었다.

"그런데 그날 밤엔 왜 그렇게 빨리 달아나 버렸어요? 내가 무서웠나요?"

"어머! 아니에요. 그렇지 않아요."

에스메랄다는 고개를 살랑살랑 흔들었다.

리스는 두 사람의 말에 더욱 기분이 상했다.

"저런 옷을 입고 어떻게 거리를 쏘다닌담?"

페뷔스의 칭찬이 매우 못마땅한 아가씨들은 다시 모욕적인 말들을 쏟아 냈다.

에스메랄다는 수치심과 분노를 느끼며 입술을 꽉 깨물었다.

"에그머니! 이거 뭐야, 염소 아니야? 뭐가 발밑에 꿈틀거리나 했더니."

어느 아가씨가 소스라치게 놀라며 소리쳤다.

"와! 염소 좀 봐. 금빛 발굽이잖아."

베랑제르는 어른들의 말에 아랑곳하지 않고 좋아서 팔딱팔딱 뛰었다. 아가씨들은 그런 베랑제르를 놀란 눈으로 바라봤다.

"저 집시 처녀는 염소를 끌고 다니면서 마술을 부린대."

"어머, 정말?"

아가씨들이 귓속말을 하듯 소곤거렸다.

"그럼, 마술을 한번 부려 봐."

"그래, 어서 마술을 부려 보라고!"

아가씨들이 퉁명스럽게 말했다.

에스메랄다는 아무 말도 하지 않았다.

"마술을 한번 해 보란 말이야."

"전 그런 거 몰라요."

아가씨들의 재촉에 에스메랄다는 염소를 쓰다듬으며 냉정하게 말했다.

"천한 계집애에게 말 걸지 마. 우리 체면이 깎인단 말야."

에스메랄다는 아가씨들이 소곤거리는 말을 들었다. 그녀는 더 이상 그곳에 있으면 안 되겠다는 생각이 들어서 슬그머니 일어섰다.

염소가 에스메랄다의 뒤를 따랐다.

"이게 뭐지?"

리스가 염소의 목에 달려 있는 가죽 주머니를 만지며 물었다.

"비밀이에요."

에스메랄다는 싸늘한 목소리로 말했다.

"무슨 큰 비밀이라고 보여 주지 않는 거야? 그렇게 하려면 여기서 나가."

리스 어머니는 딸의 말을 듣고 기분이 상했다.

"알겠습니다……."

에스메랄다는 문 쪽으로 천천히 걸어갔다.

"그렇게 가면 어떡해요, 아가씨! 이름이 뭔가요?"

페뷔스가 어색한 분위기를 부드럽게 하기 위해 말을 건넸다.

"에스메랄다라고 해요."

"호호호……."

아가씨들은 그 이름을 듣고 깔깔깔 웃었다.

이때, 베랑제르가 염소 목에 매달린 가죽 주머니를 풀어 바닥에 쏟아 놓았다. 그것은 알파벳을 써 놓은 조각들이었다. 베랑제르는 그것을 늘어놓았다.

염소는 금빛 발굽으로 글자 조각들을 골라 하나의 낱말을 만들었다.

베랑제르는 손뼉을 치며 큰 소리로 외쳤다.

"리스 고모님! 염소가 글씨를 만들었어요. 이리 와 보세요. 어서요!"

방바닥에는 '페뷔스'라는 글자가 만들어져 있었다.

베랑제르는 염소의 신기한 행동에 감탄하며 펄쩍펄쩍 뛰었다.

"이걸 염소가 했단 말이지?"

리스는 뾰로통해서 물었다.

그곳에 있던 사람들이 모두 놀라 염소한테로 달려왔다.

페뷔스는 기분이 좋은지 빙그레 웃고 있었다.

"흥, 얼마나 많이 저 여자와 만났으면 염소가 이름을 다 알고
있을까?"

리스는 기분이 몹시 나빠져 약혼자를 원망하며 중얼거렸다.
리스의 얼굴이 새하얗게 변하기 시작하자, 그 모습을 본 리스
어머니는 에스메랄다를 흘겨보면서 소리쳤다.

"이 악마 계집애야, 썩 꺼지지 못해?"

리스 어머니의 고함에 에스메랄다는 글자 조각들을 주섬주섬
모아 가죽 주머니에 넣고 재빨리 밖으로 나왔다.

리스는 금방이라도 쓰러질 듯했다.

페뷔스는 조금 망설이다가 에스메랄다를 뒤따라 나왔다.

이상한 미행

클로드 부주교는 종탑 위 창문으로 광장을 내려다보았다. 방울북 소리가 광장을 뒤흔들었다. 클로드 부주교의 눈길은 방울북을 흔들며 춤추는 아가씨에게 멎어 있었다. 에스메랄다였다. 그녀의 춤사위는 예사롭지 않았다.

마치 한 마리의 나비가 팔랑팔랑 춤을 추고 있는 듯했다. 클로드 부주교는 석상처럼 꼼짝 않고 서서 에스메랄다의 춤사위에서 눈을 떼지 않았다. 많은 사람들이 빙 둘러서서 에스메랄다의 춤을 구경했다.

노랑과 빨강 무늬의 광대 옷을 입은 사나이가 그녀에게서 몇 발짝 떨어진 곳의 의자에 앉아 있었다. 그는 무릎 위에 염소의 머리를 올려놓고 있었다.

"저 사나이는 누굴까? 집시 여자는 늘 혼자였는데."

클로드 부주교가 중얼거렸다. 거리가 너무 멀어서 얼른 사나이의 얼굴을 알아볼 수 없었다. 클로드 부주교는 계단을 내려와 광장으로 나왔다.

"지금 춤추던 여자는 어딜 간 거요?"

에스메랄다가 보이지 않자 클로드 부주교는 광장에 있는 사람들에게 물어보았다.

"방금 저쪽으로 갔어요. 아마 그곳에서 춤을 출 거예요. 거기서 그 여자를 불렀거든요."

옆에 있던 사람이 클로드를 힐끗 쳐다보며 대답했다.

클로드 부주교는 에스메랄다를 찾아 발걸음을 옮겼다.

그때 광대 옷을 입은 사나이가 곡예를 하기 시작했다. 그는 두 손을 허리에 대고 머리를 젖힌 뒤 의자를 물고 빙빙 돌았다. 의자에는 고양이가 묶여 있었다. 광대 옷을 입은 사나이는 구슬땀을 흘리며 묘기 부리기에 열중하고 있었다.

"아니, 자넨 그랭구아르가 아닌가? 거기서 뭘 하는 겐가?"

그랭구아르는 그 소리에 소스라치게 놀라 성당 안으로 도망쳐 버렸다. 이런 곳에서 자기를 알아보는 사람이 있다는 건 정말 수치스러운 일이었다. 클로드는 그랭구아르를 따라 성당으로 들어갔다. 그랭구아르는 기둥에 기대 서 있었다. 그는 광대 옷을 입은 자신의 모습이 부끄러워 어찌할 바를 모른 채 쩔쩔매고 있었다.

"그랭구아르! 그동안 어디서 뭘 하고 있었기에 통 볼 수가 없었나? 대체 그 옷차림은 또 뭔가?"

클로드 부주교는 침착하게 물었다.

그랭구아르는 겸연쩍어 말을 얼버무렸다.

"뵐 낯이 없습니다. 이런 짓을 하는 게 한심하다는 걸 압니다. 입이 포도청이라고 먹고 살아야 하지 않겠습니까? 어쩔 수 없이 하는 일입니다."

그랭구아르는 머리를 긁적이며 클로드를 쳐다보았다.

"아주 좋은 직업을 가졌군그래. 그런데 왜 집시 처녀와 함께 있는 거지?"

"그 여자가 바로 제 아내올시다. 우리는 부부가 되었습니다."

그랭구아르의 말에 클로드는 눈이 휘둥그레졌다. 순간 그의 두 눈에 불길이 타오르는 듯했다.

"뭐라고? 집시 계집과 결혼을 했단 말이야? 하늘이 무섭지 않은가?"

클로드의 말에 그랭구아르는 변명을 늘어놓았다.

"저는 그 여자에게 손을 댄 적이 없습니다. 정말입니다. 하늘에 맹세합니다."

그랭구아르는 기적궁에서 겪은 일을 이야기해 주었다.

"정말 에스메랄다와 결혼하고 싶었습니다. 그러나 그것은 이름뿐입니다. 세상에 이런 결혼이 어디 있습니까? 저는 맹세코 아내의 손도 한 번 잡아 보지 못했습니다."

"그게 무슨 소린가?"

클로드에게는 그랭구아르의 말이 이상하게 들릴 뿐이었다.

"제 아내는 고아랍니다. 목에 부적을 넣은 조그마한 주머니를 달고 다니지요. 그 부적이 언젠가는 부모와 만날 수 있게 해 준다고 믿는답니다. 그런데 만일 순결을 잃으면 그 부적도 효험이 없어진다는 거예요. 그래서 저희 둘은 남매처럼 지내고 있답니다."

그랭구아르는 모든 것을 털어놓았다.

"그 말을 믿어도 되나?"

클로드는 다그쳐 물었다.

"그럼요. 모두 사실입죠. 에스메랄다에게는 세 가지 소중한 것이 있습니다."

"그게 뭔가?"

"첫째는 에스메랄다를 보호하고 있는 이집트 노인이고, 둘째는 에스메랄다를 숭배하고 있는 패거리들입니다. 셋째는 누군가가 자신에게 해코지할 때 쓰기 위해 갖고 있는 단도(짧은 칼)입니다."

클로드는 고개를 끄덕였다.

"에스메랄다는 예쁘고 매혹적이며 남에게 해를 끼치지 않는 여자입니다. 또한 순진하고 열정적이며 춤도 잘 춥니다. 또 어릴 때는 스페인과 시실리까지 돌아다녔다고 합니다. 저는 에스메랄다의 쾌활함과 상냥함에 반해 그녀를 사랑하게 되었습니다. 에스메랄다는 염소를 아주 사랑합니다. 염소가 매우 영리해서 나무 조각으로 된 글자를 가지고 '페뷔스'라는 낱말을 잘 만든답니다. 그것도 에스메랄다가 가르쳤습니다."

그랭구아르는 묻지도 않은 말을 길게 대답했다.

"페뷔스라고 했나?"

클로드는 이 말을 몇 번이고 되뇌었다.

"집시 여자에게 손을 대는 날에는 자네는 사탄의 부하가 될 것이네. 손 때문에 영혼이 타락한다는 걸 명심하게."

클로드는 무겁게 입을 열고 어둠 속으로 사라져 갔다.

'숙명.'

방으로 들어간 클로드는 컴퍼스를 집어 들고 벽에다 이런 글씨를 썼다.

그 글씨는 그리스어였다. 그 뜻이 무엇인지는 클로드밖에 몰

랐다.

3월 어느 날 아침이었다.

"어, 지갑이 텅텅 비었네! 형에게 가서 손을 벌려야겠군."

장 프롤로는 옷을 입다가 문득 주머니가 빈 것을 알고 마음이 서글퍼졌다. 프롤로는 형을 만나러 성당으로 향했다. 그는 종탑의 위층으로 올라가 방문을 두드렸다.

"들어오시오."

프롤로는 문을 살며시 밀었다.

"아니, 네가 웬일이냐?"

클로드 부주교는 뜻밖에 동생이 들어오자 눈이 둥그레졌다.

"형님! 제가 못 올 데를 왔어요?"

"그건 아니지만……. 그래, 웬일이냐?"

클로드 부주교는 동생의 방문이 아무래도 못마땅했다.

"형님! 청이 하나 있어요."

"아무렴 그렇지. 네가 뭔가 필요한 게 있으니 나를 찾아왔겠지. 무슨 청이지?"

클로드 부주교는 동생 프롤로를 못 미더운 듯 바라보았다.

"형님! 돈이 필요해서요. 좀 급하거든요."

"네게 줄 돈이 어디 있니? 요즈음은 성당 운영도 어렵다."

클로드 부주교의 대답엔 찬바람이 일었다.

"형님! 좀 봐 주세요."

프롤로는 두 손을 모아 애원하듯 말했다.

"일하지 않는 자는 먹지도 말라고 했다. 앞으로 이 말을 마음에 새겨 두어라."

클로드는 아주 냉정하게 설교하듯 말했다.

"형님! 이 동생을 이렇게 박대하다니요. 너무 그러지 마세요. 저 글자를 저도 알아요. '숙명' 맞지요?"

프롤로는 유식한 체하면서 돈을 졸랐다.

이때 누군가의 발자국 소리가 들렸다. 바로 자크 샤르몰뤼 검사였다.

"빨리 저 밑에 가 숨어!"

프롤로는 형에게 떠밀려 책상 밑으로 들어가 숨었다.

"옛다! 다 가져라."

클로드는 급한 김에 프롤로에게 지갑째 던져 주었다.

그때 문을 두드리는 소리가 들렸다. 이 방문객이 아니었다면 돈을 얻기가 어려웠을지도 모른다.

클로드가 손님과 이야기를 끝내고 밖으로 나가자, 프롤로는 길게 한숨을 쉬며 책상 밑에서 나왔다.

프롤로는 그날 밤 근위대장 페뷔스를 만나 술을 마셨다.

"벌써 일곱 시네. 약속 시간이 다 되었군."

페뷔스는 약속 시간을 핑계로 먼저 자리에서 일어났다.

프롤로는 술이 많이 취해 길바닥에 쓰러져 버렸다.

페뷔스는 그런 프롤로를 뒤로 한 채 걸음을 빨리했다.

'이상한 사람이 내 뒤를 미행하는군.'

페뷔스는 힐끔 뒤를 돌아보고 나서 계속 걸어갔다. 등골이 오싹해졌다. 이 무렵에 유령이 거리를 쏘다닌다는 소문이 나도는 터라 더욱 겁이 났다. 망토를 뒤집어쓴 사나이는 계속 페뷔스의 뒤를 따랐다.

"난 한 푼도 없어. 도둑이라면 헛수고하지 말고 그냥 가시오. 난 빈털터리란 말이오!"

페뷔스는 이렇게 말한 뒤 마음을 크게 먹고 걸음을 재촉했다.

망토의 사나이가 페뷔스 가까이 다가왔다.

"괜히 헛수고하지 마시오. 나에겐 땡전 한 푼 없소. 다른 데 가 보시오."

페뷔스는 계속 말하며 뒤도 돌아보지 않고 걸었다.

"당신이 페뷔스 씨죠?"

망토를 걸친 남자의 손이 페뷔스의 어깨를 움켜잡았다.

"누구시죠? 누군데 내 이름을 알고 있는 거요?"

페뷔스는 그제야 망토를 걸친 남자를 힐끔 쳐다보았다.

"당신의 정체를 다 알고 있소. 오늘 저녁에 어떤 여자를 만나는 것도 알고 있소."

"정말 귀신 같군. 그렇소. 일곱 시에 파루르델의 집에서 한 아가씨를 만나기로 했소."

"그 여자 이름이 뭐죠?"

"에스메랄다요."

"이걸 가져가시오."

망토를 입은 남자는 커다란 금화 한 닢을 페뷔스의 손에 쥐여주었다.

"공짜로 주는 건 아니오. 당신이 만나는 여자가 아까 말한 그 여자인지 내가 확인할 수 있게 방 한 구석에 나를 숨겨 주시오."

"좋도록 하시오. 골방 한 구석에 숨겨 주지요. 빚은 내일 갚으면 되니까."

페뷔스는 흔쾌히 대답했다. 두 사람은 페뷔스가 만나기로 한 장소를 향해 걸었다. 페뷔스는 어느 집 앞에 멈춰 섰다. 문틈으로 불빛이 새어 나왔다. 문을 두드리자 곧바로 문이 열리고 허리가 꼬부라진 할머니가 등불을 들고 나왔다.

"방을 좀 빌려 주시오."

페뷔스는 금화를 내 보였다. 금화가 불빛에 반짝반짝 빛났다. 할머니는 금화를 받고 그들을 이층으로 안내했다. 페뷔스는 컴컴한 다락방으로 통하는 문을 열었다.

망토를 걸친 남자가 말없이 들어섰다. 페뷔스는 할머니와 함께 다시 아래층으로 내려갔다. 망토를 걸친 남자는 클로드 부주교였다.

클로드 부주교는 캄캄한 다락방에서 벽을 더듬었다. 다락방에는 창문도 없고 지붕이 낮아 웅크리고 앉아 있을 수밖에 없었다.

얼마 뒤 나무 사다리를 올라오는 발소리가 들렸다. 클로드 부주교가 문틈으로 밖을 내다보았다. 할머니가 손에 등불을 들고 먼저 올라왔고, 페뷔스와 에스메랄다가 뒤를 따라 올라왔다. 클로드는 에스메랄다를 보는 순간 가슴이 뛰었다.

"좋은 이야기 나누세요."

할머니는 등불을 궤짝 위에 놓아 두고 아래로 내려갔다. 페뷔스와 에스메랄다는 궤짝 옆에 앉아 말을 주고받았다.

"저를 경멸하지 마세요."

"경멸하다니, 난 당신을 미워하고 있는데요?"

에스메랄다의 말에 페뷔스는 짓궂게 웃었다.

"제가 무슨 짓을 했는데 그래요?"

에스메랄다가 눈이 둥그레진 채 페뷔스를 바라보았다.

"나를 애타게 만들었으니 그렇지요."

"제가 페뷔스 대장님을 사귀게 되면 부모님을 다신 못 만나게 돼요. 부적이 효험을 잃게 되거든요."

"도무지 무슨 말을 하는지 알 수 없군요."

페뷔스의 말에 에스메랄다는 입을 다물고 한숨만 내쉬었다.

"저는 페뷔스 대장님을 사랑해요."

"나도 당신을 사랑하오, 에스메랄다."

페뷔스는 너무 감격해서 에스메랄다의 손을 꼭 쥐었다. 망토를 두른 남자의 손이 질투심으로 부들부들 떨리고 있었다.

바로 그때 페뷔스의 등에 작은 칼이 꽂혔다. 페뷔스는 비명을 지르며 쓰러졌다.

에스메랄다는 소리조차 지르지 못한 채 온몸이 얼어붙었다. 그녀는 그만 정신을 잃고 말았다.

마녀 재판

'에스메랄다는 어떻게 되었을까?'

그랭구아르는 비탄에 잠겨 있었다. 그뿐 아니라 기적궁의 많은 사람들도 근심에 가득 차 있었다. 벌써 한 달이 넘도록 에스메랄다와 염소는 행방불명이었다.

'참 이상하다. 어떤 사고라도 당해 죽었단 말인가?'

그랭구아르의 머릿속에는 의문이 꼬리에 꼬리를 물고 일어났다. 정말 이해할 수 없는 일이었다. 여기저기 찾아보았지만 헛수고였다.

어느 날이었다. 그랭구아르는 법원 앞을 지나다가 많은 사람들이 모여 웅성거리고 있는 것을 보았다.

"무슨 일이 있습니까?"

그랭구아르는 법원에서 나오는 청년에게 물었다.

"근위대장을 칼로 찌른 여자를 재판한다는 겁니다."

그랭구아르는 법원 문을 열고 방청석으로 들어갔다.

"저기 줄줄이 앉아 있는 사람들은 누굽니까?"

그랭구아르는 궁금해서 옆 사람에게 물었다.

"오른쪽에 있는 사람들은 판사들이고, 왼쪽에 앉은 사람들은 검사들이고, 그 밑에는 변호사입니다."

"누굴 재판하는 겁니까?"

"조용히 하시오. 증인의 진술이 시작되었어요."

옆 사람의 말에 그랭구아르는 입을 다물었다.

"저는 몇십 년 동안 미셸 다리에서 살았습니다. 집세와 세금도 꼬박꼬박 냈습니다. 어느 날 저녁 누가 문을 두드렸습니다. 문을 열었더니 두 남자가 서 있었습니다. 한 사람은 장교 복장을 했고, 또 한 사람은 검은 옷을 입은 사람이었습니다. 저는 금화 한 닢을 받았습니다. 금화를 서랍 속에 넣느라 잠깐 등을 돌린 사이에 검은 옷을 입은 남자가 사라졌습니다. 조금 있다가 젊은 장교가 밖으로 나가더니 아가씨 하나를 데리고 들어왔습니다. 아가씨는 참 예뻤습니다. 저는 두 사람을 다시 위층 방으로 안

내하고 내려왔습니다. 그런데 위층에서 갑자기 비명 소리가 들려왔습니다. 검은 옷을 입은 사람이 창문 밖으로 뛰쳐나가 물로 떨어지는 걸 봤습니다. 위층으로 급히 올라갔더니 젊은 장교가 피를 흘리며 쓰러져 있었습니다. 아가씨도 정신을 잃고 쓰러져 있었습니다. 얼른 사람을 불러 젊은 장교를 병원으로 옮겼습니다. 그런데 그 이튿날 서랍을 열어 보니 금화는 없고 가랑잎 한 장만이 남아 있었습니다."

증언대에 선 할머니가 그때의 일을 자세히 말했다.

"파루르델 부인! 다른 할 말은 없습니까?"

"없습니다."

할머니는 검사의 말에 짤막하게 대답했다.

"피고의 몸에서도 단도가 발견되었다는 건 무얼 뜻하는 겁니까? 그리고 금화가 변한 가랑잎을 가져왔습니까?"

할머니는 가랑잎을 검사에게 보였다.

"이것은 자작나무 잎입니다. 금화가 나뭇잎으로 바뀐 건 지옥의 금화가 틀림없습니다."

검사가 나뭇잎을 들고 말했다.

그때 피고석에 앉아 있던 여자가 일어섰다. 에스메랄다였다. 그랭구아르는 에스메랄다를 보고 깜짝 놀랐다.

그는 달려가서 에스메랄다를 위로해 주고 싶었지만 그렇게 하지 못하는 자신이 안타깝기만 했다.

"페뷔스 대장님은 어디 계시죠? 살아 계시는 거죠? 저를 죽이기 전에 그분이 어디 계신지 알려 주세요, 네?"

에스메랄다는 미친 사람처럼 소리쳐 물었다.

"그 사람은 이제 죽어 가고 있다. 기쁜가?"

검사는 냉정하게 말했다.

에스메랄다는 그만 의자에 주저앉고 말았다.

"두 번째 피고를 데려오시오."

재판장의 말에 뿔과 발에 금빛 칠을 한 염소가 문으로 들어왔다. 염소는 문을 들어서자마자 걸음을 멈추고 두리번거렸다. 염소는 주인을 발견하고는 책상을 뛰어넘어 에스메랄다의 무릎 아래로 갔다. 그러나 에스메랄다는 꼼짝도 하지 않았다.

"이 염소에게 악마가 붙어 있다면 피고를 교수형 또는 화형에 처해야 함을 알려 드립니다."

검사는 염소를 심문하기 시작했다.

"지금 몇 시지?"

검사는 방울북을 집어 염소에게 내밀며 물었다.

염소는 금빛 발을 들어 방울북을 일곱 번 쳤다.

정말 일곱 시였다. 방청석에 앉은 사람들의 눈이 일제히 휘둥그레졌다.

검사는 염소 목에 걸려 있는 가죽 주머니를 풀었다. 가죽 주머니 안의 글자 조각을 풀어 놓았다.

"글자를 맞추어 보아라."

염소는 금빛 발로 글자를 맞추기 시작했다.

'페뷔스.'

이 글자를 본 사람들은 또 한 번 크게 놀랐다.

"어떤가? 증거가 확실하지 않은가? 악마와 마법에 걸린 염소의 도움을 받아 근위대장 페뷔스를 단도로 찌른 것이다. 그래도 부인하겠는가?"

"저는 정말 모르는 일이에요. 그분을 찌른 사람은 악마 같은 어떤 신부란 말이에요."

에스메랄다는 큰 소리로 외치며 의자에서 벌떡 일어났다.

"어떤 신부라고? 유령이 아니고?"

에스메랄다는 머리를 흔들며 계속 부인했다.

"재판장님! 아무래도 피고에게 더 강도 높은 심문을 해야 된다고 봅니다."

재판장은 그렇게 하도록 허락했다. 에스메랄다는 두려움에 질려 온몸을 떨었다. 마침내 에스메랄다는 종교 재판소 관원들에게 끌려갔다. 그랭구아르는 더욱 슬픔에 잠겼다. 에스메랄다는 어두컴컴한 지하실에 갇혔다. 촛불 하나가 방을 비추고 있었다. 이 방은 바로 죄인들을 고문하는 고문실이었다. 방 안에는 가죽 끈과 여러 가지 고문 도구들이 즐비하게 널려 있었다.

에스메랄다는 으스스한 방 안 분위기에 덜컥 겁이 났다. 고문관이 침대에 걸터앉아 있었다.

"이래도 계속 죄를 부인할 텐가?"

검사가 다가와서 으름장을 놓았다.

"전 아무 죄도 없어요. 하늘에 맹세해요."

에스메랄다는 기어들어가는 목소리로 말했다.

"할 수 없군. 그렇다면 고문을 하는 수밖에."

에스메랄다는 강제로 침대에 앉혀졌다.

"다시 한 번 묻겠다. 바른 대로 말하면 죄가 가벼워질 수도 있다. 죄를 인정하는가?"

검사가 부드러운 목소리로 말했다. 에스메랄다는 여전히 머리를 가로저었다.

"할 수 없군. 고문을 시작하라."

"뭐부터 시작할까요?"

고문관이 검사를 바라보며 물었다.

"발칼!"

검사의 말이 떨어지자마자 발칼이
준비되었다.

에스메랄다의 발이 쇠를 붙인 널빤
지 사이에 끼워졌다.

"살려 주세요!"

에스메랄다는 두려움에 휩싸여 어
쩔 줄을 몰랐다.

고문관이 발칼 틀의 손잡이를 돌리자, 에스메랄다는 비명을 지르며 쓰러졌다. 그녀는 다시 침대 위에 앉혀졌다.

그리고 천장에 매달린 가죽끈에 허리가 비끄러매졌다.

"이래도 바른대로 말하지 않으려는가?"

"저는 아무 죄가 없어요."

에스메랄다의 말에 검사의 날카로운 지시가 떨어졌다.

"할 수 없군. 실토할 때까지 계속해!"

고문관이 손잡이를 돌렸다. 발칼이 죄어들기 시작했다. 에스메랄다는 고통을 이기지 못하고 비명을 질렀다.

"그만 멈춰요."

"그럼 죄를 시인하겠는가?"

검사가 고문을 중지하고 물었다.

"제가 했어요. 저의 죄를 모두 시인해요."

에스메랄다는 고통을 참지 못하고 울부짖었다.

"피고는 약간의 벌금을 물고 노트르담 성당 앞에서 공개 사죄를 해야 한다. 그리고 염소와 함께 그레브 광장에서 처형당해야 한다."

검사의 말이 떨어졌다.

"피고는 국왕 폐하께서 정하시는 날 정오에 맨발로 목에는 밧줄을 맨 채 수레에 실려 노트르담의 정문으로 끌려가 양초 한 자루를 들고 공개 사과를 한 다음, 그레브 광장으로 끌려가 교수형을 받을 것이다. 염소도 마찬가지다. 그리고 마법을 행한 죄로 금화 세 닢을 내야 한다."

판결은 매우 엄했다. 에스메랄다는 지하 감옥에 갇히게 되었다. 에스메랄다는 어둠 속에서 두려움과 외로움의 시간을 보냈다. 하루에 세 번 식사를 줄 때만 문이 열렸다.

한 줄기의 햇빛도 들어오지 않는 골방이라 음산하고 추웠다. 에스메랄다는 점점 정신이 희미해졌다.

그러던 어느 날이었다.

문 소리가 크게 들리고 검은 옷을 입은 남자가 에스메랄다 앞에 와 섰다. 그 남자는 신부 옷을 입고 검은 복면을 쓰고 있었다. 그 남자를 한참 바라보던 에스메랄다가 먼저 입을 열었다.

"누구세요?"

"나는 신부요. 준비는 다 됐소?"

"무슨 준비요?"

"죽을 준비 말이오."

에스메랄다는 남자의 말에 소스라치게 놀랐다.

"저는 곧 죽게 되나요?"

"내일 형을 집행하기로 되어 있소."

"오늘 죽게 될 수는 없어요?"

에스메랄다는 추위에 오들오들 떨고 있었다.

신부가 복면을 벗었다.

'아, 그때 그 얼굴!'

에스메랄다는 그날 밤 페뷔스에게 칼을 꽂았던 악마의 얼굴을 보고 깜짝 놀랐다. 클로드 부주교였다.

"내가 무섭소?"

클로드 부주교가 은근히 물었다.

"그걸 말이라고 해요? 당신은 내가 사랑하는 남자를 칼로 찔렀어요. 죽이려면 어서 죽여요."

에스메랄다는 매섭게 클로드 부주교를 쏘아보았다.

"난 당신을 사랑하오."

에스메랄다는 그가 느닷없이 쏟아 낸 말에 어리둥절하기만 했다. 너무도 어이없는 말이어서 한참 동안 말을 잇지 못했다.

클로드 부주교는 에스메랄다 앞에 무릎을 꿇었다.

"무슨 사랑이 이런가요?"

"저주받을 사랑이라 그렇지."

에스메랄다는 더 이상 아무 말도 할 수 없었다. 그녀는 마치 넋이 나간 사람 같았다.

"내 말을 잘 들어 봐요."

클로드 부주교는 침착한 말로 호소했다.

"나 자신에게조차 말할 수 없었던 것을 이야기하겠소. 난 당신을 만나기 전에는 행복했소. 학문에 열중할 수 있었고, 기도로 내 시간을 가질 수 있었소. 그것이 나의 즐거움이었소."

"그런데요?"

"그런데 어느 날 나는 독서를 하다가 방울북 소리에 창밖을 내다보았소. 아름다운 처녀가 춤을 추고 있는 걸 보고 넋을 잃었소. 참으로 아름다운 아가씨였소. 밤이면 그녀가 꿈속에 나타나 속삭였소. 그걸 잊기 위해 그때부터 정처 없이 돌아다니는 버릇이 생겼소. 당신을 감옥에 보내면 잊을 수 있으리라고 생각했소. 내 말을 믿어 줘요."

클로드 부주교는 한숨을 쉬면서 말했다.

"정말 잔인하군요."

에스메랄다의 얼굴은 창백해졌다.

"아가씨! 나를 가엾게 여겨 주시오."

에스메랄다의 귀엔 아무 소리도 들리지 않았다.

"페뷔스 대장님!"

에스메랄다의 머릿속엔 페뷔스의 이름만 맴돌 뿐이었다.

"그 이름만 들어도 불쾌하오. 그 너절한 녀석에게 당신을 빼앗길 수는 없었소. 나는 당신을 사랑해요."

클로드 부주교는 몸부림치며 애원했다.

"웃기는군요. 신부가 어떻게 여자를 사랑한다고……."

에스메랄다는 콧방귀를 뀌었다.

"나와 함께 여기를 빠져나가요. 그러면 함께 살 수 있어요. 제발 나의 청을 들어주오."

클로드 부주교는 막무가내였다. 그럴수록 에스메랄다의 마음은 더 매섭게 돌아설 뿐이었다. 클로드 부주교는 에스메랄다의 손목을 잡아 끌었다.

"왜 이러세요?"

에스메랄다는 손목을 뿌리치며 앙칼지게 말했다.

"우리 페뷔스 대장님은 어떻게 되었나요?"

"그는 이미 죽었소."

"뭐라고요? 죽었다고요?"

에스메랄다는 클로드 부주교를 떠밀며 소리쳤다.

"악마가 따로 없군요. 바로 당신이 선량한 신부의 탈을 쓴 악마예요."

"다시 한 번 생각해 봐요. 이건 내 진심이오."

"정말 웃기는군요. 차라리 나를 죽여요. 더러운 신부를 어떻게 사랑하라는 말인가요?"

"페뷔스라는 사람은 이미 죽었소."

클로드 부주교는 체념한 듯 이 말을 남기고 밖으로 나갔다.

에스메랄다는 혼자가 되었다. 지하 감옥의 독방은 더욱 으스스했다.

그런데 페뷔스가 죽었다는 말은 사실이 아니었다. 클로드 부주교가 짐작으로 내뱉은 말이었다. 페뷔스는 죽지 않았다. 검사가 페뷔스는 죽어 가고 있다고 한 말을 잘못 알아들었기 때문이다.

페뷔스는 부상을 입어 붕대를 감은 채 침대에서 법원의 서기에게 심문을 받아야 했다. 그것은 아주 귀찮은 일이었다. 그래서 페뷔스는 어느 날 몰래 병원을 빠져나왔다. 그러나 페뷔스의 도망은 재판에 영향을 주지 않았다.

당시의 재판은 죄인을 처벌하면 그만이었다. 피해자 페뷔스가 살아 있다는 것은 큰 문제가 되지 않았다. 판사는 에스메랄다에게서 완전한 증거를 찾았다고 생각했고, 페뷔스는 죽은 줄로만 알았다. 살인 사건은 그것으로 끝난 거라고 여겼다.

페뷔스는 자신의 부대로 돌아갔다. 그곳은 파리에서 조금 떨어진 곳이었다. 페뷔스는 이 사건의 재판에 끼어들고 싶지 않았다. 이런 일이 밖으로 알려지는 걸 꺼림칙하게 여겼다. 그래서 이 사건이 소리 소문 없이 해결되기를 바랐던 것이다. 만일 그것이 밖으로 드러나면 근위대장으로서의 위신이 깎일 뿐만 아니라 근무도 제대로 할 수 없는 처지였다. 그러니 쉬쉬할 수밖에 없었다.

'집시 여자 때문에 내가 미칠 수는 없지.'

페뷔스는 이렇게 생각했다. 그러니 에스메랄다만 불리하게 되었다. 페뷔스는 에스메랄다의 무죄를 증언해 주기는커녕 엉거주춤 한 발짝 물러서서 강 건너 불구경하듯 했다. 될 수 있으면 모두 잊고 싶었다.

'리스가 보고 싶구나.'

페뷔스는 오랜만에 리스의 얼굴을 떠올렸다. 에스메랄다만큼 아름답지는 않지만 잘사는 집안의 딸이기 때문에 호감이 갔다. 그는 부상당한 상처도 다 나았고 해서 리스의 집을 찾아갔다.

마침 리스는 어머니와 함께 집에 있었다.

"어서 오세요. 왜 그렇게 발걸음이 뜸했어요?"

리스는 페뷔스를 반갑게 맞이했다. 그러고 보니 페뷔스는 두 달 만에 리스의 집을 찾아왔던 것이다.

"잘 있었소?"

페뷔스는 웃으면서 리스의 손을 꼭 잡았다.

"그동안 무얼 하셨어요?"

리스는 원망 섞인 말투로 다그쳐 물었다. 그녀는 페뷔스가 죽을 뻔했던 사실을 알지 못했다.

"당신은 언제 보아도 아름다워요."

페뷔스는 얼렁뚱땅 말을 얼버무렸다.

"왜 제 말을 자꾸 피하는 거예요? 제가 묻는 말에 어서 대답이나 하세요."

"국경 수비대에 소집되어 갔었소."

"거기가 멀어요? 작별 인사라도 하고 가시지요."

"바빠서 그렇게 되었소. 미안해요, 리스."

"아무리 그렇다 해도 두 달 동안 한 번도 오시지 않는 법이 어디 있어요?"

"군인의 근무라는 게 어디 마음대로 되어야지. 얽매여 있는 몸이란 걸 몰라요? 그리고 조금 아프기도 했소."

"어머! 아프셨다고요? 이걸 어쩐담!"

리스는 깜짝 놀라는 표정을 지었다.

"상처를 조금 입었소."

페뷔스는 억지로 태연한 척했다.

"이제 다 나았나요?"

리스는 걱정스러운 얼굴로 페뷔스를 바라보았다.

"놀라지 말아요. 소대장과 싸우다가 칼에 조금 찔렸는데 이젠 다 나았소. 걱정하지 않아도 되오."

페뷔스는 거짓말로 얼버무렸다.

페뷔스의 행동이나 말이 어색했으나 리스는 눈치채지 못했다.

"광장에 웬 사람들이 저렇게 많이 몰려 있지? 무슨 일이라도 생겼나요?"

페뷔스는 창가로 가서 밖을 내다보며 얼른 말머리를 돌렸다.

"아마 마녀 집시를 교수형에 처하기 전에 성당 앞에서 공개 사과를 하는 모양이에요."

"아, 그렇군요."

리스는 대수롭지 않다는 듯 대답했다.

페뷔스는 별로 놀라는 얼굴을 하지 않았다. 에스메랄다의 재판은 벌써 끝났다고 생각했기 때문이다.

"페뷔스 씨! 우린 석 달 후면 결혼한다는 걸 잊지 않으셨죠? 저 외엔 어떠한 일이 있어도 다른 여자를 사랑하지 않는다고 약

속해 주세요. 그 말을 꼭 듣고 싶어요."

"물론! 약속하고말고."

페뷔스는 흔쾌히 대답했다. 광장에는
더 많은 사람들이 몰려들고 있었다.

"누군지는 몰라도 참 가엾네요."

리스는 안타까운 듯 말했다.

바로 그때, 노트르담의 큰 시계가 정
오를 알렸다. 마차 한 대가 광장으로 미
끄러지듯 들어오고 있었다.

사람들의 고함 소리가 여기저기서 터
져 나왔다.

"저기 그 집시 여자가 온다."

마차 위에는 두 손이 꽁꽁 묶인 여자가 속옷 차림을 한 채 타고 있었으며, 그 옆에 염소도 묶여 있었다.

"어머! 저걸 봐요. 그때 염소를 데리고 온 기분 나쁜 집시 계집애가 아녜요?"

리스는 눈을 둥그렇게 뜨고 광장 쪽을 가리켰다.

"염소를 데리고 다니던 집시 계집애라니?"

페뷔스는 아무것도 모르는 척했다.

"그렇게도 생각이 안 나세요?"

"글쎄……."

페뷔스는 시치미를 떼며 돌아섰다.

"저는 다 알아요. 저 계집애 때문에 마음이 흔들렸지요?"

리스는 페뷔스의 마음을 콕 찔렀다.

"천만의 말씀이오."

페뷔스는 머리를 가로저었다.

"그렇다면 끝까지 구경해요."

페뷔스는 하는 수 없이 그냥 서 있을 수밖에 없었다.

'에스메랄다가 틀림없어.'

페뷔스는 생각했다.

어디선가 성가대의 찬송가가 은은히 들려왔다.

주여, 일어나소서!

하느님이시여,

저를 구하소서!

죽은 사람에게 바치는 진혼 미사의 노래가 에스메랄다의 몸을 휘감았다. 사형 집행관이 에스메랄다와 염소를 묶었던 밧줄을 풀었다.

"페뷔스!"

에스메랄다는 입술을 움직이며 기도하듯 조용히 페뷔스의 이름을 불렀다. 그때 성가대의 찬송가가 멈췄다. 에스메랄다는 염소와 함께 계단 아래로 끌려 내려갔다.

이때 에스메랄다의 눈초리가 한 곳에 꽂혔다. 신부들의 행렬에 클로드 부주교가 있었다. 순간 에스메랄다는 피가 솟구쳐 오르고 분노의 불길이 타오르는 걸 느꼈다.

클로드 부주교는 에스메랄다에게 다가왔다.

"그대는 자신의 잘못을 하느님께 빌겠는가?"

사람들은 클로드 부주교가 죄인에게 마지막 참회의 말을 하라는 것으로 알았다.

"살고 싶지 않은가? 그럴 마음이 있으면 지금이라도 늦지 않아. 당신을 살릴 길이 있소."

클로드가 가느다란 말로 속삭였다.

에스메랄다는 클로드 부주교를 쏘아보았다.

"저리 꺼져, 이 악마야! 꺼지지 않으면 고발할 거예요."

"누가 그런 말을 믿으려고 하겠는가? 오히려 거짓말한 죄가 추가될 뿐이지."

클로드 부주교의 입가에 야릇한 미소가 흘렀다.

"이 악마 신부야! 내 페뷔스를 어떻게 한 거죠?"

"그는 이미 죽었다."

클로드 부주교는 냉정히 말하고는 문득 건너편 집 발코니를 바라보았다. 그때 리스와 나란히 서 있는 페뷔스를 보았다. 클로드 부주교는 깜짝 놀랐다. 에스메랄다의 사형 집행을 서둘러야 할 것 같았다.

"하느님, 가련한 넋에게 자비를 베풀어 주소서!"

클로드 부주교는 얼른 기도를 올리고 손을 번쩍 들었다. 죄인에게 사형을 집행하라는 신호는 대체로 신부가 했다.

구경하던 사람들은 무릎을 꿇고 에스메랄다를 위해 기도했다.

클로드 부주교는 고개를 숙인 채 다른 신부들과 함께 성당 안으로 들어갔다. 에스메랄다는 다시 밧줄에 꽁꽁 묶였다. 에스메랄다는 제자리에 우두커니 서서 올가미가 조여지기를 기다렸다. 그녀는 하늘을 한 번 쳐다보고 땅을 한 번 내려다보았다. 그리고 많은 사람들을 둘러보았다.

바로 그 순간, 에스메랄다는 광장 건너편 집 발코니에서 이쪽을 바라보고 있는 페뷔스를 발견했다.

"페뷔스!"

에스메랄다는 소리 높여 외쳤다. 너무 놀랍고 반가운 나머지 에스메랄다의 목소리는 들떠 있었다.

"페뷔스!"

에스메랄다는 다시 외쳤다.

그러나 페뷔스는 에스메랄다의 소리를 못 들었는지 눈길을 돌리지 않았다. 아니, 일부러 돌리지 않은 것이다. 에스메랄다와의 관계가 들통날까 봐 겁이 나서였다. 그는 오히려 눈살을 찌푸렸다.

에스메랄다는 페뷔스의 표정을 놓치지 않고 바라보았다.

페뷔스는 황급히 리스와 함께 발코니 뒤로 들어갔다.

"정말 너무하는군요, 페뷔스!"

에스메랄다는 페뷔스가 야속했다. 자기가 부르는 소리를 듣고도 일부러 모른 척했다고 생각했다. 이젠 한 가닥의 희망마저 무너진 듯했다. 그녀는 그대로 주저앉고 말았다.

"저 죄인을 마차에 실어라. 얼른 해치워라."

검사가 큰 소리로 말했다.

광장은 갑자기 물을 끼얹은 듯 조용해졌다. 이때 성당 한쪽 구석에서 이 광경을 유심히 바라보고 있는 사람이 있었다. 그를 알아보는 사람은 아무도 없었다. 마침내 사형을 집행하라는 검사의 명령이 떨어졌다.

그때 괴상하게 생긴 사람이 집행관 쪽으로 뛰어갔다. 그는 삽시간에 집행관을 때려눕히고 에스메랄다를 어깨에 메고 달아났다. 그 사람은 바로 카지모도였다.

"여긴 성역이다!"

카지모도는 에스메랄다를 어깨에 둘러메고 고래고래 소리를 지르며 성당 안으로 급히 들어갔다. 눈 깜짝할 사이에 일어난 일이었다. 구경하던 사람들도 박수를 보냈다.

아무리 큰 죄를 지은 사형수라도 성당 안에서는 어떻게 할 수 없는 것이 법이었다. 아무도 성당 안에 있는 죄인을 잡아갈 수 없었다. 성당은 죄인의 피난처이기도 했다.

죄 없는 사람이 사형을 당한다는 것은 억울한 일이었다. 그러나 죄인이 성역 밖으로 나가 붙잡히면 다시 형을 받아야만 했다. 그렇기 때문에 죄인은 평생 성역에서 지내야 했다. 성역은 죄인에게 있어서는 감옥이나 다름없었다. 죽을 때까지 성역에서 지내야 했기 때문이다.

"여기는 성역이다!"

카지모도는 에스메랄다를 안고 성당 안의 계단을 오르면서 계속 외쳤다. 카지모도의 목소리는 기쁨에 차 있었다. 카지모도는 종탑 위에 나타나 얼굴을 내밀었다.

"여기는 성역이다! 여기는 성역이다!"

카지모도의 외침에 많은 사람들은 종탑 위를 바라보며 더 큰 박수를 쳤다.

종탑 위에는 죄인을 위한 독방이 하나 있었다. 카지모도는 에스메랄다를 그 방에 내려놓았다. 에스메랄다는 아직도 제정신이 아니었다. 마치 꿈속을 헤매는 것 같았다. 에스메랄다는 자신이 형틀에 옭아매인 채 하늘나라로 올라간 것이라고 생각했다. 그러나 얼마 안 가서 기억이 조금씩 되살아나기 시작했다.

성역 안의 꽃다발

에스메랄다는 자기를 구출해 준 사람이 카지모도라는 것을 알았다. 또 자신이 성역인 성당에 있다는 사실도 알았다. 무엇보다 페뷔스가 살아 있으며 그가 자기를 사랑하지 않는다는 것도 알았다.

"왜 나를 살려 냈나요?"

에스메랄다는 원망을 하듯 카지모도에게 물었다.

카지모도는 에스메랄다가 무슨 말을 하고 있는지 알았다. 그녀의 얼굴과 몸짓만 보아도 어떤 생각을 하고 무슨 말을 하는지 알 수 있었다. 카지모도는 슬픈 듯 걱정어린 눈으로 에스메랄다를 바라보았다.

얼마 뒤, 카지모도는 헌 옷 꾸러미를 에스메랄다 옆에 던져 주었다. 에스메랄다는 여태껏 속옷만 입은 채였다. 에스메랄다가 헌 옷으로 갈아입자, 이번에는 카지모도가 바구니와 이불을 들고 들어왔다.

바구니에는 병 하나와 빵이 들어 있었다.

"자, 이걸 먹어요."

카지모도는 조심스럽게 말했다.

에스메랄다는 카지모도를 쳐다보기만 했다.

"내가 무섭게 생겼죠? 그러니 나를 보지 말고 듣기만 하세요. 낮에는 여기 있어야 하고 밤에는 이 안에서 마음대로 돌아다닐 수 있어요. 성당 밖으로 나가면 붙잡혀 죽게 돼요. 물론 나도 죽게 되고요."

에스메랄다는 고맙다는 말을 하려고 고개를 들었다. 그러나 카지모도는 이미 사라지고 없었다. 그렇게도 흉측한 모습의 카지모도에게서 그토록 부드러운 목소리가 나오다니, 놀라지 않을 수 없었다. 아까 '성역이다!' 하고 외칠 때의 목소리는 굉장히 화가 나 있었다. 그런데 지금 카지모도의 목소리는 꼭 봄바람 같았다.

'정말 못생긴 남자다. 그러나 마음씨만은 따뜻한 것 같아. 나

를 구해 준 사람인데 미워할 수는 없지.'

에스메랄다는 카지모도에 대한 마음을 부드럽게 하려고 애를 썼다.

"잘리! 내가 너를 잠시 잊고 있었구나."

에스메랄다는 염소 잘리가 너무 반가워서 입을 맞추었다. 그리고 잘리의 목을 끌어안고 하염없이 눈물을 흘렸다.

이튿날 아침, 에스메랄다는 잠에서 깨어났다. 오랜만에 깊은 잠을 잤다. 기지개를 켜고 사방을 둘러보았다. 방엔 혼자뿐이었다. 왠지 쓸쓸했다. 에스메랄다의 그런 마음을 알기라도 한 듯 염소 잘리가 옆에 기대 앉아 있었다. 한 줄기의 맑은 햇살이 창문으로 들어와 에스메랄다의 얼굴을 비추었다.

'부스럭!'

에스메랄다는 누군가가 기웃거리고 있다는 걸 느끼자 얼른 몸을 움츠렸다. 그러고는 깜짝 놀라 소리나는 쪽으르 눈길을 돌렸다. 카지모도가 모습을 나타냈다. 에스메랄다는 얼른 눈을 감았다.

"무서워하지 말아요. 나는 아가씨 편이에요. 아가씨가 잘 자는지 보러 왔을 뿐이에요. 자, 이젠 눈을 떠요. 내 모습이 보이지 않을 거예요."

에스메랄다가 눈을 떴다. 정말 카지모도의 모습은 보이지 않았다. 에스메랄다는 창가 쪽으로 갔다. 카지모도가 벽 모서리에 웅크리고 앉아 있었다.

"이리 와요."

에스메랄다는 조용히 말했다. 그러나 카지모도는 슬금슬금 뒷걸음질쳤다. 에스메랄다는 다시 한 번 카지모도에게 손짓을 했다. 그러나 카지모도는 방문턱에 서서 들어오지 않았다.

"들어오세요. 괜찮아요."

"안 돼요. 부엉이는 종달새의 둥지에 절대 들어가지 않는 법이에요."

카지모도는 그저 슬슬 피하기만 했다. 에스메랄다는 그제야 카지모도를 차근차근 살펴보기 시작했다. 휘어진 다리와 곱사등, 애꾸눈은 아무리 보아도 정이 가지 않았다.

그러나 사랑의 눈으로 보려고 애썼다. 그렇게 보니 그의 모습이 예사롭게 보이기 시작했다.

"사실 저는 귀머거리거든요."

카지모도가 더듬더듬 입을 열었다.

"아, 가엾어라!"

에스메랄다는 애처로운 눈으로 그를 바라보았다.

"나는 소리를 듣지 못해요. 그렇지만 손짓 발짓으로 이야기하면 들을 수 있어요. 나는 아가씨의 입술이나 얼굴을 보면 무슨 말을 하는지 알 수 있어요."

"왜 나를 구해 주었죠?"

"아가씨는 내 생명의 은인이에요. 전에 아가씨가 광장의 교수대에서 나에게 물 한 모금을 주었잖아요. 난 그걸 잊을 수 없어요. 그 은혜는 죽어도 다 못 갚을 거예요."

에스메랄다는 조용히 듣고 있었다.

카지모도의 눈에 이슬이 맺혔다. 카지모도는 태어나서 지금까지 살면서 이렇게 감정이 용솟음친 것은 처음이었다. 마음속에 숨겨 둔 말들을 하나하나 꺼냈다. 누군가에게 마음을 주는 것도 처음이었다. 이렇게 따뜻한 마음을 주고받는 것도 감정이 용솟음치는 이유 중 하나였다.

"내가 꼭 필요할 때나 내가 무섭지 않다고 느낄 때, 이걸 불어 주세요. 나는 이 소리는 들을 수 있거든요."

카지모도는 방바닥에 호루라기를 내려놓고 사라졌다.

에스메랄다의 마음속 상처가 차츰 아물어 갔다. 에스메랄다의 머릿속엔 아직도 사랑하는 사람의 이름이 조금씩 맴돌았다.

'페뷔스!'

나지막하게 그의 이름을 불러 보았다. 페뷔스가 금방이라도 달려올 것만 같았다. 정말 보고 싶었다. 그러나 마음에 걸리는 게 있었다. 그날 광장의 교수대에서 본, 페뷔스와 함께 발코니에 서 있던 아가씨의 모습이 자꾸만 떠올랐다.

'아마 누이동생일 거야.'

에스메랄다는 머리를 흔들었다.

'정말 그랬으면 얼마나 좋을까!'

에스메랄다는 애써 나쁜 생각을 지우려 했다. 그녀의 소리를 못 들은 채 발코니 안으로 들어간 페뷔스가 야속하기도 했다. 페뷔스를 그리워하다가도 가끔 카지모도를 생각했다.

카지모도는 에스메랄다에게 단 하나의 벗이기도 했다. 그녀가 만날 수 있는 사람, 대화를 나눌 사람도 카지모도뿐이었다.

어느 날, 에스메랄다가 스페인 민요를 부르고 있을 때 느닷없이 카지모도가 나타났다. 에스메랄다는 깜짝 놀라 노래를 멈추었다.

"노래를 계속 불러 주세요. 제발 부탁해요."

카지모도는 무릎을 꿇고 손을 마주 잡고 애원했다.

에스메랄다는 떨리는 목소리로 다시 노래를 불렀다. 카지모도는 기도를 올리는 것처럼 두 손을 모으고 에스메랄다의 눈동자

를 바라보았다. 귀에는 들리지 않는 노래를 에스
메랄다의 눈속에서 듣고 있는 듯했다.

어느 날 아침, 에스메랄다는 옥상으로 올라가
광장을 내려다보았다. 카지모도는 에스메랄다의
뒤에 서 있었다.

카지모도는 자기 얼굴을 보이기 싫어 언제나 에스메랄다 뒤에서 있었다.

'어! 저 사람은?'

에스메랄다의 눈이 휘둥그레졌다. 광장을 내려다보니 낯익은 얼굴이 있었다. 페뷔스였다.

"페뷔스! 이리 와요. 에스메랄다가 여기 있어요."

에스메랄다는 광장을 향해 외쳤다.

페뷔스는 말을 타고 가면서 광장 건너편의 리스 집 발코니를 향해 손을 흔들었다. 그는 에스메랄다가 부르는 소리를 듣지 못했다.

카지모도는 에스메랄다의 부르짖음은 전혀 들리지 않았지만 그녀의 안타까움은 들을 수 있었다. 카지모도의 마음도 안타까워 저절로 긴 한숨이 나왔다. 하지만 에스메랄다는 카지모도의 이런 마음을 알아 주지 않았다.

"페뷔스! 내 소리가 안 들려요?"

에스메랄다의 마음은 오직 페뷔스에게로 향했다.

카지모도는 에스메랄다의 소맷자락을 잡아당겼다.

"아가씨! 저 사람을 데려올까요?"

카지모도의 말에 에스메랄다는 기뻐서 어찌할 바를 몰랐다.

"그렇게 해 주겠어요? 그럼 빨리 데려다 주세요."

카지모도는 고개를 끄덕였다.

에스메랄다는 마음이 들떴다. 빨리 페뷔스를 만나고 싶었다.

카지모도는 계단을 내려가 광장으로 나갔다. 그러나 리스의 집 문에 말고삐를 매어 놓은 채 페뷔스는 보이지 않았다. 그는 이미 리스의 집 안으로 들어가고 없었다. 카지모도는 성당을 올려다 보았다. 에스메랄다는 여전히 그 자리에 서 있었다.

밤이 되었다. 리스의 집에서는 페뷔스와의 약혼식 잔치가 벌어지고 있었다. 많은 사람들이 리스의 집으로 들어갔다.

카지모도는 하루 종일 리스의 집 주위에서 서성거렸다. 그 집에서 나오는 사람들을 하나도 놓치지 않고 살펴보았다. 그러나 페뷔스의 모습은 보이지 않았다. 얼마나 시간이 흘렀을까? 발코니의 창문이 열리더니 페뷔스와 리스가 나타났다. 두 사람은 정답게 이야기를 나누고 있었다.

그때 발코니의 문이 느닷없이 열렸다. 리스의 어머니였다.

리스는 당황하여 몸을 피했다.

페뷔스는 못마땅한 듯 발코니 안으로 들어갔다. 잠시 후에 페뷔스가 문을 열고 나와 말을 타고 달렸다.

"여보시오, 대장님!"

카지모도가 달려가 말고삐를 붙들었다.

"웬 놈이 길을 방해하느냐?"

페뷔스가 말 위에서 소리쳤다.

"저기에서 대장님을 기다리고 있는 사람이 있습니다."

"이런 괴물이 웬 야단이야? 말고삐를 놓지 못해? 아니 어디서 본 듯한데?"

페뷔스는 귀찮다는 듯 고삐를 흔들었다.

"대장님! 당신을 만나고 싶어 하는 사람이 누구냐고 물어보지도 않으십니까?"

카지모도는 자꾸만 매달렸다.

"어서 말고삐나 놓고 말해라."

페뷔스의 말에는 노기가 가득했다. 카지모도는 말고삐를 놓기는커녕 페뷔스의 발걸음을 돌리려고 애썼다.

"대장님! 여자 한 분이 기다리고 있습니다. 대장님을 사랑하는 여자입니다."

"별놈을 다 봤네. 날 사랑하는 여자라면 다 가 봐야 된다는 말이야? 얼른 저리 꺼져. 난 곧 결혼한단 말이야."

카지모도는 그래도 끝까지 매달렸다.

"대장님! 대장님이 잘 아는 춤추는 여자, 에스메랄다입니다."

페뷔스는 그 말에 깜짝 놀랐다.

'이미 죽은 줄로만 알았던 에스메랄다가 살아 있단 말인가? 그것도 벌써 두 달 전 일인데.'

페뷔스는 카지모도의 얼굴을 유심히 바라보았다.

"춤추는 여자라고?"

"네, 틀림없습니다."

"그럼 너는 저승에서 왔느냐?"

페뷔스는 카지모도의 가슴을 걷어차고 달아나 버렸다.

카지모도는 노트르담으로 돌아가 종탑으로 올라갔다. 에스메랄다는 여전히 그 자리에 서서 기다리고 있었다.

그녀는 카지모도를 보자 가까이 다가와서 물었다.

"왜 그냥 왔어요?"

"그분을 만날 수가 없었어요."

"그럼 밤이 새도록 기다려서라도 만나야지요."

에스메랄다는 약간 원망 섞인 목소리로 말했다.

"다음엔 꼭 지키고 있다가 데려올게요."

"이제 필요 없어요!"

에스메랄다는 흥분하여 소리쳤다.

카지모도는 고개를 푹 숙이고 비켜섰다. 그날부터 다시는 카

140

지모도의 모습을 볼 수 없었다. 그러나 카지모도는 에스메랄다의 눈에 띄지 않았을 뿐 늘 그녀 가까이에 있었다. 그는 에스메랄다가 자고 있는 사이 먹을 것을 갖다 놓고 가곤 했다. 카지모도의 친절한 마음은 식을 줄 몰랐다.

어느 날 아침, 에스메랄다는 창가에 새장이 놓여 있는 것을 발견했다. 천장에 보기 흉한 조각물이 있었는데, 그녀가 무서워하던 그 조각물도 어느새 치워져 있었다.

저녁이면 때때로 슬픈 노랫소리가 들려왔다.

얼굴을 보지 말고 마음을 봐요.

전나무는 아름답지 못하지만

겨울에도 푸른 잎을 간직해요.

아, 말해서 무슨 소용 있으리!

아름답지 않은 것은

사는 것이 잘못인걸!

에스메랄다가 잠에서 깬 어느 날 아침, 창가에 꽃이 가득 꽂힌 꽃병 두 개가 놓여 있었다. 그중 수정 꽃병은 금이 가서 물이 샜다. 벌써 그 꽃병에는 물이 없어 꽃이 시들었다.

한 개의 꽃병은 질그릇 항아리 꽃병이었다. 질그릇 꽃병에는 물이 가득 차 있고 붉은 꽃이 싱싱하게 피어 있었다. 에스메랄다는 하루 종일 시든 꽃을 가슴에 안고 있었다.

그날은 종탑에서 늘 들리던 노랫소리도 들리지 않았지만 에스메랄다는 큰 관심을 가지지 않았다. 그리고 카지모도를 찾거나 노랫소리를 듣는 일도 심드렁해졌다. 그녀는 새장의 새들에게 빵을 뜯어 주면서 마음을 달래고 있었다.

에스메랄다는 자나깨나 페뷔스 생각뿐이었다. 그날도 페뷔스 생각을 하며 잠을 못 이루고 있는데, 문밖에서 사람의 숨소리가 들려왔다. 에스메랄다는 깜짝 놀라 일어났다. 살그머니 문을 열어 보니 카지모도가 달빛을 받으며 자고 있었다. 그 모습이 몹시 안쓰러워 가만히 내버려 두었다. 그의 자는 모습이 퍽 평화로워 보였다. 에스메랄다는 살그머니 문을 닫았다.

질투의 불길

클로드 부주교는 에스메랄다가 살아 있다는 사실을 까맣게 몰랐다. 에스메랄다가 처형장으로 떠나던 날, 신부 옷을 벗어 던지고 뒷문으로 빠져나가 강가에서 나룻배를 탔다. 곧바로 노트르담으로 돌아온 그는 에스메랄다가 구출된 것을 알지 못했다. 그 후 클로드 부주교는 성당의 옥상에는 올라가지 않았다.

에스메랄다가 처형당한 줄로 안 클로드 부주교는 차츰 마음의 안정을 찾아갔다. 그러나 뭔가 마음 한 구석이 텅 비어 세상의 모든 것이 끝난 것만 같았다.

그런데 어느 날, 에스메랄다가 구출되어 성역에 있다는 소문을 들었다.

'에스메랄다와 페뷔스가 살아 있다고?'

클로드 부주교는 고통이 다시 시작되는 것을 느꼈다. 그는 한동안 독방에 틀어박혀 지냈다. 몇 주일 동안 누가 찾아와도 문을 열어 주지 않았다. 클로드 부주교는 자기 방 창문에 얼굴을 대고 멍하니 서 있었다. 가끔 에스메랄다와 염소, 카지모도가 함께 있는 것도 보았다.

'카지모도가 무슨 일로 에스메랄다를 구출해 냈을까?'

클로드 부주교는 그것이 매우 궁금했다.

'왜 자꾸 이런 생각이 드는 걸까?'

클로드 부주교는 어느새 질투심이 고개를 들고 있었다. 이건 꿈에도 생각지 못했던 마음이었다. 그러다가 분노와 부끄러움으로 얼굴이 붉어졌다.

'집시 여자가 하필 카지모도 같은 놈과 지내다니. 차라리 근위대장하고라면 몰라도…….'

클로드 부주교는 수치심과 질투심으로 몹시 괴로웠다. 그는 마음이 괴로울 때면 밖으로 나가 돌아다니기도 했다. 그는 성당으로 통하는 붉은 문 안에 있는 열쇠를 들고 밖으로 나갔다. 옥상으로 올라가는 열쇠는 늘 클로드 부주교가 가지고 있었다.

그날 밤도 에스메랄다는 페뷔스의 꿈을 꾸면서 잠이 들었다.

그러다가 이상한 소리에 잠을 깨고 말았다. 깜짝 놀라 살며시 눈을 떠 보니 캄캄한 밤인데도 누군가 창문 밖에서 방 안을 엿보고 있는 게 보였다. 불을 켜고 일어난 에스메랄다는 기겁을 했다. 지난날의 악몽이 되살아나 그만 쓰러지고 말았다.

잠시 후 에스메랄다는 자기의 몸에 무엇인가 닿는 걸 느끼고 벌떡 일어났다. 클로드 부주교가 어느새 방 안으로 들어와 에스메랄다를 껴안고 있었다. 에스메랄다는 고함을 지르고 싶었지만 입이 떨어지지 않았다. 그렇다고 가만히 있을 수는 없었다.

"나가, 이 악마야! 살인자!"

에스메랄다는 떨리는 목소리로 겨우 소리쳤다.

"용서해 주오. 정말 잘못했소."

클로드 부주교는 에스메랄다를 안고 중얼거렸다.

에스메랄다는 온 힘을 다해 클로드 부주교를 밀치며 외쳤다.

"이 악마야!"

"용서해 주오. 난 당신을 사랑하고 있소."

클로드 부주교는 억센 팔로 에스메랄다를 껴안았다.

"빨리 놔요. 더 큰 소리로 고함을 칠 거예요."

에스메랄다는 미친 듯 날뛰며 악을 썼다.

"사람 살려요! 사람 살려!"

에스메랄다는 마지막 힘을 다해 고래고래 소리쳤다.

이때 에스메랄다는 방바닥에 있는 호루라기를 발견했다. 카지모도의 말이 떠올랐다. 그녀는 얼른 호루라기를 집어 들고 있는 힘을 다해 불었다. 호루라기가 날카로운 소리를 냈다.

"이게 무슨 소리야?"

클로드는 놀라 에스메랄다를 껴안고 있던 팔을 풀었다. 그때 억센 손이 클로드 부주교를 억눌렀다. 방 안이 캄캄해서 얼굴을 알아볼 수는 없었으나 분노로 이를 가는 소리가 들렸다.

클로드 부주교의 머리 위로 칼이 번쩍였다. 그는 칼을 든 사람이 카지모도란 걸 알았다. 클로드는 칼을 든 팔을 휘어잡았다. 그러나 카지모도의 힘을 당해 낼 순 없었다. 그는 땅바닥에 넘어진 채 꼼짝없이 가슴을 눌리고 있었다. 카지모도는 클로드 부주교의 발을 잡고 독방 밖으로 끌어냈다.

그때 방 안에 달빛이 스며들었다. 달빛이 클로드 부주교의 얼굴을 비쳤다. 갑자기 카지모도가 멈칫했다. 카지모도는 클로드 부주교의 얼굴을 보자 질겁을 하며 뒤로 물러섰다.

에스메랄다도 깜짝 놀랐다.

"이게 무슨 짓이야!"

클로드 부주교는 고함을 질렀다. 소리를 지르고 있는 것은 클로드 부주교였고 쩔쩔매는 것은 카지모도였다.

갑자기 두 사람의 처지가 뒤바뀌었다. 윽박지르는 쪽은 신부였고 애원하는 쪽은 카지모도였다.

"빨리 저리로 가."

클로드 부주교는 제정신이 아닌 듯 화가 나서 씩씩거렸다. 카지모도는 클로드 부주교 앞에서 벌벌 떨면서 머리를 숙인 채 슬금슬금 뒤로 물러나 에스메랄다의 방 앞으로 가서 꿇어앉았다.

"신부님! 저를 죽여 주십시오."

나지막한 카지모도의 목소리가 방 안의 공기를 흔들었다. 그는 떨리는 손으로 칼을 내밀었다. 클로드 부주교가 그 칼을 받으려고 손을 내밀었다. 그러나 에스메랄다의 손이 더 빨랐다. 그녀는 칼을 빼앗아 들고 미친 듯 소리쳤다.

"다가오려면 다가와 봐. 이 비겁한 놈아!"

에스메랄다는 클로드 부주교에게 칼을 겨누며 소리쳤다.

클로드는 어찌할 바를 몰랐다.

"왜 내 칼이 겁나나요?"

에스메랄다의 손도 떨렸다.

클로드 부주교는 아무 말도 못 하고 서 있기만 했다.

"난 페뷔스 대장님이 죽지 않고 살아 있다는 걸 알고 있어요."

이 말을 들은 클로드 부주교는 순간 카지모도를 발로 걷어차

쓰러뜨리고는 층계 밑으로 사라졌다.

"아무도 저 여자를 갖지 못하리라!"

클로드 부주교가 층계를 내려가면서 내뱉은 분노의 말이 밤 공기를 뒤흔들었다.

카지모도는 슬그머니 일어나 호루라기를 집어 들었다.

"녹이 슬었네."

카지모도는 호루라기를 에스메랄다의 손에 쥐여 주고 층계를 내려갔다.

에스메랄다는 침대로 가서 쓰러져 흐느껴 울었다.

한편, 사제관으로 돌아온 클로드 부주교는 분노와 질투로 몸을 부르르 떨었다.

'카지모도가 그 여자를……'

클로드 부주교는 카지모도에 대해서도 질투를 느꼈다.

'나를 위해 죄를 뒤집어쓰고 광장에서 채찍질을 당했던 카지모도가 집시 여자에게 반하다니.'

클로드 부주교는 마음이 편치 않았다. 클로드 부주교는 뜻밖에 그랭구아르를 만난 것이 마음의 탈출구가 되었다.

그랭구아르는 세상 돌아가는 것에 별로 신경을 쓰지 않았다. 아니, 끼어들고 싶어 하지 않았다. 잘못하다 그런 일에 휘말리면 불행한 결과에 부딪히고 말 것을 알기 때문이었다. 그래서 기적궁의 거지 패거리들과 어울려 지냈다.

'내 아내 에스메랄다가 죽지 않고 노트르담에 피신해 있다니 이 얼마나 좋은 일인가?'

그랭구아르는 에스메랄다의 소식을 듣고 무척 기뻐했다. 그러나 에스메랄다가 있는 곳엔 가 보고 싶지 않았다. 그는 늘 하던 대로 낮에는 곡예를, 밤에는 주로 논문을 쓰며 지냈다.

어느 날 그랭구아르는 '포르 레베크'라 불리는 저택 모퉁이에서 걸음을 멈추고 조각물들을 바라보고 있었다. 그때 그의 어깨를 짚는 사람이 있었다. 뒤를 돌아다보니 클로드 부주교가 미소를 지으며 서 있었다.

"부주교님!"

그랭구아르는 너무 오랜만에 만난 클로드 부주교가 반가웠다.

"부주교님! 이 시간에 어쩐 일이십니까?"

그랭구아르는 어리둥절해서 물었다.

클로드 부주교는 한참 말없이 서 있었다. 그의 얼굴은 창백하고 머리칼은 많이 희어 있었다. 이윽고 클로드 부주교가 입을 열었다.

"그랭구아르! 참 오랜만이군. 요즘은 어떤가?"

"그럭저럭 살아갑니다."

"자넨 별 걱정 없이 지낸단 말이지?"

"네, 그렇습니다."

그때 말발굽 소리가 들려왔다. 거리 저쪽에서 대장을 앞세우고 근위대가 지나가고 있었다.

"부주교님! 저 대장을 아십니까?"

"페뷔스라는 사람이지."

"이상한 이름도 있네요?"

"나를 따라오게. 이야기하자면 좀 길어."

그랭구아르는 클로드 부주교를 따라 걸었다.

"부주교님! 하실 말씀이 무엇인지…….."

"그런데 자넨 춤추는 집시 처녀를 어떻게 할 셈인가?"

클로드 부주교는 느닷없이 질문을 던졌다.

"부주교님, 그건…….."

그랭구아르는 말을 얼버무렸다.

"집시 처녀는 자네 아내가 아니었던가?"

"그렇습니다."

"자넨 지금 아내를 생각하지 않는가?"

"별로요. 저는 할 일이 너무 많아 그 여자를 생각할 겨를이 없습니다."

그랭구아르는 별 관심이 없다는 듯 말했다.

"그 여자는 자네 목숨을 구해 주지 않았나?"

클로드 부주교가 다그쳐 물었다.

"그건 그렇습니다만."

"성당에 갇혀 있는 그 여자를 구출할 방법이 없을까?"

"부주교님! 좋은 수가 있습니다."

"그래, 어떤 방법인가?"

"거지 떼들을 이용하는 것입니다. 거지 떼들은 아주 용감합니다. 그들로 하여금 노트르담을 습격하게 한 뒤 소란한 틈을 타서 여자를 빼내 오면 됩니다."

클로드 부주교는 그랭구아르의 손을 덥석 잡고 흔들었다.

"좋아, 그럼 내일 보세."

클로드 부주교는 수도원으로 돌아갔다.

"형님! 어디 갔다가 이제 오십니까?"

독방에 동생 프롤로가 와 있었다.

"형님을 뵈러 왔습니다."

"나를? 아직도 나한테 볼일이 있던가?"

클로드 부주교는 동생을 쳐다보지도 않았다.

"형님! 저는 이제까지 착실하게 사는 게 뭔지 몰랐습니다. 형님의 충고도 듣지 않고 돈만 생기면 거리를 쏘다니며 놀기만 했습니다. 이제부터는 정신을 차리겠습니다."

갑자기 동생은 딴 사람이 된 것 같았다. 그러나 클로드 부주교는 동생을 한 번 힐끔 쳐다볼 뿐 아무런 대답도 하지 않았다.

"형님! 정신차리고 올바르게 살겠습니다. 형님은 제가 학원의 학사가 되어 교사로 살아가길 바라셨습니다. 이제야 저는 형님의 말씀이 옳은 것을 깨달았습니다. 그런데 형님! 저는 지금 잉크 한 방울 살 돈도 없습니다."

"돈 없다!"

클로드 부주교는 더 들어보지 않아도 알겠다는 듯 단번에 잘라 말했다. 그러자 동생 프롤로의 태도가 싹 바뀌었다.

"좋습니다. 이렇게 애원해도 제 말을 들어주지 않으니 차라리 거지가 되어 구걸을 다니겠습니다."

이렇게 이야기하면 형님이 늘 들어주었기 때문에, 프롤로는 이번에도 그럴 줄 알고 배짱을 부려 보았다.

"그럼 거지가 되려무나."

동생 프롤로는 형의 말에 실망을 했다. 그는 형에게 허리를 굽히고 층계로 내려갔다. 창문 아래를 지나는데 위에서 창문 열리는 소리가 들렸다.

"옛다, 이게 마지막이다."

클로드 부주교는 창문 밖으로 돈지갑을 던졌다.

"역시 형님은 마음이 약하다니까!"

동생 프롤로는 히죽거리며 거리로 사라졌다.

기적궁의 분노

기적궁은 옛 성벽과 탑으로 둘러싸여 있었다. 성벽은 대부분 허물어져 있었으며, 탑 가운데 하나는 거지들의 집합 장소로 사용되고 있었다. 맨 아래층엔 술집이 있었다. 이 술집은 거지들의 유흥장이나 다를 바 없었다. 늘 술꾼들로 인해 소란스러웠다.

술집 안쪽 벽난로 앞에 앉아 있는 그랭구아르는 깊은 생각에 잠겨 있었다.

"무기를 점검하라. 서둘러야 한다. 한 시간 후면 출발이다."

거지 왕이라 불리는 클로팽이 큰 소리로 지시했다.

"오! 오늘이여! 신난다."

머리에서 발끝까지 단단히 무장을 한 젊은이의 목소리가 우렁

차게 들렸다.

"오늘은 나의 첫 출전이다. 나는 장 프롤로 뒤 블랭이다. 나에게 술을 따르라. 오늘 밤 성당 문을 부수고 에스메랄다를 구출하는 거다. 모든 일은 빠른 시간에 해치워야 한다."

프롤로의 말에 웃음과 박수가 터져 나왔다. 한쪽에선 바삐 무장을 갖추고 있었다.

"가엾은 에스메랄다! 그녀는 우리 모두의 누이동생이야. 꼭 구출해 내야 해."

모두들 이렇게 말하며 출동 준비를 했다.

"이제 자정이 됐다. 출동이다!"

거지 왕 클로팽의 말이 떨어지자마자 거지 부하들은 무기를 들고 밖으로 뛰어나갔다.

그날 밤, 카지모도는 잠이 오지 않았다. 그가 문을 잠그고 있을 때 클로드 부주교가 지나갔다. 클로드 부주교는 뭔가 모르게 근심에 찬 얼굴이었다. 카지모도는 클로드 부주교의 그런 얼굴을 살피지 못했다. 에스메랄다의 방에서 소동을 일으킨 뒤부터 클로드 부주교는 카지모도를 무척 쌀쌀맞게 대했다. 카지모도는 클로드 부주교가 욕을 하거나 매질을 해도 참아 내었다. 한마디 원망도 하지 않았다. 클로드 부주교에 대해서만은 모든 것을 꾹 참고 견뎠다.

그는 되도록 에스메랄다의 눈앞에 나타나기를 삼갔다. 아무래도 그때의 일이 꺼림칙했던 것이다. 카지모도는 종탑으로 올라가 시내를 내려다보았다. 그는 에스메랄다를 지키느라 항상 성당 주위를 유심히 살폈다. 카지모도는 뭔가 이상한 생각이 들었다. 무슨 일인지 사람들의 움직임이 물결처럼 일렁거리는 듯했다. 잠시 후, 그 사람들은 이내 성당 앞 광장으로 모여들었다.

'에스메랄다를 해치려는 건 아닐까?'

카지모도는 불안한 생각이 들었다.

'어떻게 해야 하나? 에스메랄다를 깨워서 달아나게 할까?'

카지모도는 머리를 짜냈다. 하지만 뾰족한 수가 보이지 않았다. 거리는 포위된 듯했고 성당은 강에 접해 있었다. 나아가는 길도 없고 달아날 배도 없었다.

"단 한 가지밖에 없다."

카지모도는 혼자 중얼거렸다.

"그래, 죽을 때까지 싸우는 길밖에 없다."

카지모도는 에스메랄다의 단잠을 깨우고 싶지 않았다. 맞서 싸우기로 결심이 서자 카지모도는 침착하게 광장을 살폈다.

광장엔 사람들이 자꾸만 불어났다. 갑자기 불빛 하나가 번쩍

했다. 순식간에 횃불이 켜졌다. 몰려든 사람들은 거지 떼들이었다. 그들의 손에는 도끼며 창들이 번쩍거렸다. 거지 왕 클로팽은 부하들을 전투 태세로 정렬시키면서 공격 신호를 보냈다.

"들어라! 기적궁의 대왕 클로팽이 말한다. 우리의 누이동생 에스메랄다가 마녀란 죄목으로 억울하게 사형 선고를 받아 이 성당 안으로 몸을 숨겼다. 우리는 그녀를 구하러 왔다. 주교여! 성당이 신성하다면 에스메랄다 역시 신성하다. 성당을 구하려면 에스메랄다를 돌려 달라. 그렇지 않으면 성당은 약탈당한다."

성당 안에서는 아무런 응답이 없었다.

"돌격하라! 문을 부수어라!"

클로팽이 외쳤다. 그들은 대들보를 가져와 성당 문을 부수기 시작했다. 그러나 철문은 꿈쩍도 하지 않았다.

이때 성당 위쪽에서 큼직한 돌멩이가 비 오듯 쏟아졌다. 부하들이 돌멩이에 맞아 속속 쓰러졌다. 그럴수록 공격도 더 거세어졌다. 돌멩이를 떨어뜨리는 사람은 바로 카지모도였다. 그는 이번엔 커다란 통나무 대들보를 떨어뜨렸다. 그뿐 아니었다. 종탑에서 뜨거운 납물이 쏟아졌다.

거지 부하들은 기겁을 하고 달아나기 시작했다. 문은 아직도 부수지 못했다. 공격할 좋은 방법을 찾으려고 클로팽은 부하들과 의논을 했다.

"그랭구아르는 어디 갔는가?"

클로팽이 사방을 둘러보며 물었다.

"그 녀석은 벌써 도망쳤습니다."

클로팽은 화를 내며 발을 쾅쾅 굴렀다.

"괘씸한 놈 같으니라고! 우리를 이리로 끌어들인 게 누군데, 우리를 버리고 도망을 가다니."

클로팽은 분을 삭이느라 씩씩거렸다.

그때 프롤로가 긴 사다리를 끌고 왔다.

"저쪽 끝에 잠그지 않은 문이 하나 있다. 이 사다리로 올라가면 성당 안으로 들어갈 수 있다. 나를 따르라!"

프롤로는 사다리를 끌고 가면서 외쳤다. 순식간에 사다리를 그쪽 문에 걸쳤다. 프롤로가 앞장을 서서 기어 올라갔다. 거지 떼들도 뒤따라 올라갔다.

마침내 문까지 올라선 프롤로는 그만 몸이 굳어지고 말았다. 카지모도가 거기에 떡 버티고 서 있었다. 카지모도는 사다리 끝을 잡아 떠밀어 버렸다. 사다리를 타고 오르던 거지 떼들은 사다리와 함께 땅으로 떨어졌다.

이제 프롤로는 카지모도와 단 둘이 있게 되었다. 위기의 순간

이었다. 카지모도가 프롤로를 노려보고 있었다.

"노려보면 어쩔 테냐?"

프롤로는 말을 걸면서 활에 화살을 걸었다.

"카지모도! 이제 너의 별명을 장님으로 바꿔 주마."

프롤로가 활을 쏘며 말했다. 카지모도의 팔에 화살이 꽂혔다. 그러나 카지모도는 태연하게 그 화살을 뽑아 버렸다.

프롤로는 다시 화살을 쏠 겨를이 없었다. 카지모도가 달려들어 프롤로를 번쩍 들어올려 내동댕이쳤다.

프롤로는 어둠 속 광장으로 떨어졌고, 이내 싸늘한 시체가 되었다. 허리가 부러지고 머릿골이 터졌다. 끔찍한 장면이었다.

"복수다! 공격하라!"

프롤로의 시체를 본 거지 떼들은 일제히 고함을 질러 댔다. 프롤로의 죽음은 거지 떼들의 분노에 불을 질렀다.

"원수를 갚자!"

거지 떼들은 횃불을 치켜들고 고함을 질렀다. 그들은 다시 사다리를 오르기 시작했고, 더러는 밧줄을 타고 성당으로 올라왔다. 카지모도는 어찌할 바를 몰랐다.

'하느님, 우리 아가씨를 보호하소서!'

카지모도는 에스메랄다를 위해 하늘에 기적을 빌 뿐이었다.

바스티유 궁전의 불빛

바스티유 궁전은 불빛이 꺼지지 않고 있었다. 왕 루이 11세는 이틀 전부터 바스티유 궁전의 제일 높은 층에 머물고 있었다.

"폐하! 파리 시내에 폭동이 일어났사옵니다."

자크란 청년이 방으로 뛰어들어와 소리쳤다.

왕은 잠시 긴장했으나 이내 침착해졌다.

"무슨 일이 일어났다는 말인가?"

"폐하! 폭동이라 하옵니다."

"조용히 해. 확실하지 않은 말은 함부로 하는 게 아니야."

이런 소문은 그리 좋은 일이 아니었으므로, 왕은 정확하게 그 일을 알아야 했다.

"기적궁에 있는 거지 떼들의 짓이라고 하옵니다."

왕은 긴장한 채 다시 물었다.

"기적궁이라, 그들의 수가 많은가 보지?"

"그렇사옵니다. 6천 명이나 된다 하옵니다. 폐하! 폭도들은 지금 법원장에게 몰려가고 있다고 하옵니다."

왕은 자세를 고쳐 앉으며 물었다.

"폭도들이 법원장에게 무슨 불만이 있어 그러는가?"

"그들의 영주 노릇을 하는 데 대한 불만이며, 그 불만은 벌써 오래전부터 쌓여 온 거라 하옵니다. 그들은 오직 폐하만을 받든다고 생각하옵니다."

"그런가?"

왕은 빙그레 웃었다. 퍽 만족스러운 표정이었다.

"법원장을 구해야 되지 않겠사옵니까? 지원군을 보내지 않으신다면 법원장의 신변이 위태롭사옵니다."

"그럼, 폭동을 진압해야지. 지원군을 보내게."

그때 신하들이 포로 두 명을 끌고 왔다.

"그들은 뭔가?"

왕은 귀찮은 표정으로 그들을 바라보았다.

"폭동 패거리들이옵니다, 폐하."

왕은 얼빠진 듯한 사나이에게 물었다. 그 사나이는 끌려가는 사람들을 따라가 뭔가를 훔치려 했다고 했다.

왕은 다음 사람을 문초했다.

"폐하! 전 피에르 그랭구아르라고 하옵니다. 철학자이며 시인이옵니다."

"지식인이라는 자가 폭동에 가담해?"

왕의 노기가 하늘을 찌를 듯했다.

"폐하! 엊저녁에 거리를 지나가는데 병사들이 잘못 알고 저를 체포했사옵니다. 저는 폭동이란 말을 아주 싫어하는 시인이옵니다. 저는 정말 아무 죄가 없사옵니다."

그랭구아르는 손이 닳도록 빌었다.

"폐하! 어찌하오리까? 저놈도 교수형에 처하오리까?"

"그렇게 해도 나쁠 게 없지."

왕은 대수롭지 않게 말했다.

순간 그랭구아르의 얼굴이 새파랗게 질렸다. 천당과 지옥 사이를 오가는 위기를 맞았다. 어쨌든 호소할 수밖에 없다고 생각했다.

"폐하! 저는 폐하의 충성스러운 백성이옵니다. 그리고 저는 문학가이옵니다. 프랑드르 공주와 황태자 전하를 위해 우수한 축

혼가를 지어 많은 칭찬을 받았사옵니다. 이런 건 폭동에 가담한 자가 할 일이 아니옵니다. 폐하! 살려 주시옵소서.”

“말이 많구나. 이런 놈은 아무짝에도 쓸모가 없다. 저놈을 풀어 줘라.”

그랭구아르는 너무 기뻐서 뒤로 넘어질 뻔했다.

‘이젠 살았구나. 우물쭈물하다가는 취소 명령이 떨어질지도 몰라. 빨리 이곳을 빠져나가자.’

그랭구아르는 얼른 문 쪽으로 뛰어나가 줄행랑을 쳤다.

"폐하! 병환은 좀 어떠하오신지요?"

왕의 주치의 자크 구악티에가 불쑥 물었다.

"잊지 않고 있었군. 고통이 좀 심하지. 귀에선 휘파람 소리가 나고 가슴은 뭐가 쥐어뜯는 것 같기만 해."

구악티에는 왕의 손목을 잡고 맥을 짚어 보았다.

"어떤가?"

왕은 구악티에의 얼굴을 바라보며 물었다.

"조금 위중하신 듯하옵니다."

구악티에는 조심스럽게 말했다.

"그렇겠지."

"폐하! 소신에게는 조카가 하나 있사옵니다. 교구의 세무 자리가 비어 있다고 들었사온데……."

"알았네. 조카에게 그 세무 자리를 주겠네. 짐의 병만 낫게 해 주게."

왕은 그 자리에서 허락했다. 구악티에가 허리를 굽혀 감사의 인사를 했다.

'이때야말로 좋은 기회다.'

이발사 올리비에가 왕이 구악티에에게 한 것처럼 청을 들어

주리라 여기고 손을 비비며 말했다.

"폐하! 국고 담당 보좌관의 자리가 비어 있사옵니다."

"잠자코 있으렷다!"

왕은 이발사의 지난날의 잘못을 들추면서 허락하지 않았다. 이발사는 아첨이 심하기로 널리 알려져 있었다. 이발사는 그만 시무룩해졌다.

"그런 우거지상은 하지 말게. 기다리면 또 좋은 일이 있을 수도 있지 않은가?"

왕은 이발사를 은근히 위로했다.

그때 시장과 기병대장 트리스탕이 급하게 들어왔다.

"폐하! 좋지 않은 소식을 알려 드리게 됨을 용서하옵소서."

시장이 머리를 조아리며 입을 열었다.

"그게 무슨 뚱딴지 같은 소리야?"

"폐하! 이번 폭동은 법원장에 대한 원망으로 일어난 게 아니오라……."

시장은 말을 더듬거렸다.

"말을 꺼내 놓고는 왜 더듬거리느냐?"

왕의 얼굴이 일그러지기 시작했다.

"폐하! 이번 폭동은 폐하 때문에 일어났다고들 하옵니다."

"뭐라고!"

왕은 분노가 치밀어 벌떡 일어나며 온몸을 부들부들 떨었다. 왕의 분노는 좀처럼 가라앉지 않았다.

"그 이유를 대라. 만일 거짓말이 들통나면 목이 달아난다는 걸 알렷다!"

왕의 목소리는 방 안을 쩌렁쩌렁 울렸다.

"폐하! 그들은 폐하의 최고 법원에서 사형 선고를 받은 마녀를 끌어내 가려고 한다 하옵니다. 그 마녀는 지금 노트르담 대성당 안에 피신해 있사옵니다. 만일 제 말이 믿어지지 않으시면 여기 사건 현장에 있던 기병대장에게 물어보옵소서."

왕은 분노로 얼굴이 새파랗게 질렸다.

"뭐라고, 노트르담을 공격하고 있다고? 노트르담 대성당 안에 계신 내 주님과 성모님을 공격하고 있다고? 성스러운 곳을 폭도들이 공격하는 건 바로 짐을 공격하는 것이고 나라를 뒤엎으려는 역모다."

왕은 버럭 고함을 질렀다.

"폭도들을 한 놈도 살려 두지 마라, 트리스탕!"

"마녀는 어떻게 하면 되옵니까?"

기병대장 트리스탕이 물었다. 왕은 눈을 지그시 감고 곰곰이 생각했다.

"마녀라, 폭도들은 그 마녀를 어찌하려는 건가?"

"폐하! 폭도들이 그 마녀를 끌어내려는 것은 성당에서 신변을 보호한다고 믿기 때문이옵니다. 직접 그 마녀의 목을 베려고 하는가 보옵니다."

"좋아, 폭도들을 모조리 없애고 마녀도 목을 베라!"

왕은 마침내 명령을 내렸다.

"폐하! 그 마녀는 신변을 보호받는 성당 안에 있사옵니다. 성역을 무시하고 체포해도 되옵니까?"

기병대장 트리스탕은 왕의 눈치를 보며 다시 물었다.

"성역이라……!"

왕은 혼자 중얼거리며 잠시 망설이는 듯했다.

그는 한참 생각에 잠겼다가 입을 열었다.

"하긴 그렇군. 그나저나 그 마녀는 반드시 목을 베어야 해. 어떤 일이 있어도……."

왕은 잠시 눈을 감고 두 손을 모아 기도했다.

바스티유 궁전을 빠져나온 그랭구아르는 걸음아 날 살려라 하고 쏜살같이 거리로 내달렸다. 그러다가 보두아예 문의 돌십자가가 있는 곳에 멈칫 섰다. 그곳에 검은 옷을 입은 복면의 남자가 앉아 있었다. 그 남자는 그랭구아르를 보자 천천히 일어나더니 그랭구아르를 향해 걸어왔다.

"이 죽일 놈 같으니! 넌 날 곤경에 빠뜨리려 하고 있어!"

그 남자는 그랭구아르를 쏘아보았다.

"그건 제 탓이 아닙니다. 기병과 왕의 잘못입니다. 저는 가까스로 빠져나왔습니다."

"넌 모든 걸 망쳐 놓았어. 폭도들의 암호는 알고 있지?"

그 남자는 다그쳐 물었다.

"'어슬렁 불꽃'입니다."

"좋아, 암호를 모르면 성당까지 뚫고 나갈 수 없어. 함께 가자!"

두 사람은 성당을 향해 걸어갔다. 거지 떼들은 곧 성당을 점령할 듯했다. 그들의 기세는 하늘을 찔렀다.

그때 난데없이 기병들과 구원병들이 횃불 행렬과 함께 광장으로 밀려왔다. 말발굽 소리가 요란하게 거리를 누볐다. 기적궁의 거지 떼들은 당황하였으나 곧 거세게 대항했다. 구원병은 페뷔스가 지휘하고 있었다. 거지 왕 클로팽은 기병들에게 달려들다가 총을 맞고 쓰러졌다.

마침내 거지 떼들은 흔들리기 시작했고, 뿔뿔이 흩어져 달아났다. 광장에는 시체가 산더미처럼 쌓였다.

기적궁의 거지 떼들이 달아난 걸 안 카지모도는 곧장 에스메랄다의 방으로 달려갔다.

"아니?"

카지모도의 눈이 휘둥그레졌다. 에스메랄다의 모습이 보이지 않았다. 카지모도의 실망은 너무도 컸다. 하늘이 무너지는 것 같았다.

'이게 어떻게 된 일이지?'

카지모도는 사방을 두리번거리며 이방저방 에스메랄다를 찾아다녔다.

'어디로 사라진 걸까?'

카지모도는 한숨만 내쉬었다.

'꼭 찾아야 하는데…….'

그러나 별 뾰족한 방법이 없었다. 에스메랄다가 어디선가 곧 구원을 청할 것만 같았다.

분홍 신 두 짝

성당이 공격을 당했을 때 에스메랄다는 잠이 들어 있었다. 성당 주변이 소란스러워지자 염소가 무섭게 울어 댔다.

"잘리, 왜 그래?"

에스메랄다는 벌떡 일어나 염소를 바라보았다. 염소는 계속 울음을 그치지 않았다.

불빛이 번쩍이고 바깥은 소란스럽기 그지없었다. 에스메랄다는 방에서 나왔다. 어둠 속 광장은 아수라장이었다. 난리가 난 듯했다. 아니 전쟁이라도 벌어진 듯했다. 에스메랄다는 겁이 나서 다시 방으로 뛰어 들어갔다.

'나를 끌어내려는 건 아닐까? 이젠 꼼짝없이 죽는가 보다.'

에스메랄다는 방바닥에 엎드려 벌벌 떨었다.

그때 두 사람이 촛불을 들고 방으로 들어왔다.

"겁낼 것 없어요."

"누구시죠?"

에스메랄다는 겁에 질려 물었다.

"그랭구아르요."

염소가 그랭구아르를 알아보고 달려들어 머리를 비비고 발등을 핥았다.

"잘리가 당신보다 먼저 나를 알아보는군."

그랭구아르는 염소를 쓰다듬어 주었다.

"저분은 누구예요?"

에스메랄다는 옆에 선 남자를 가리키며 물었다.

"내 친구요. 우리 둘이 당신을 구출하러 왔소. 어서 빨리 여기서 나가요."

"고마워요. 그런데 당신 친구는 왜 한 마디도 하지 않는 거지요?"

에스메랄다는 의심이 생겼다.

"이 친구가 워낙 괴팍한 부모 밑에서 자라서 말이 없어요."

그랭구아르는 얼른 대답을 얼버무렸다.

에스메랄다는 그들에게 이끌려 층계를 내려갔다.

수도원 마당으로 건너간 검은 옷을 입은 복면의 남자는 열쇠로 문을 열었다.

밖으로 나가자 사방은 고요했다. 물가에 배 한 척이 숨겨져 있었다. 세 사람과 염소는 배에 올라탔다.

배는 강 오른쪽 기슭을 향해 거슬러 올라갔다.

"달이 떠오르는데 남의 눈에 띄지 않을까요?"

그랭구아르의 말에 검은 옷을 입은 복면의 남자는 대답을 않고 노만 저었다.

"에스메랄다! 나는 루이 왕을 만나고 오는 길이오. 왕은 참 심술궂은 늙은이라오. 나를 교수형에 처하지만 않았을 뿐 백성들의 피를 빨아먹는 흡혈귀라오. 난 그런 왕을 좋아하지 않아요."

검은 옷을 입은 복면의 남자는 아무런 대꾸가 없었다. 노트르담 성당 주위는 여전히 소란스러웠다. 성당 옥상에는 횃불이 왔다갔다했다. 아직도 누구를 찾는 듯했다.

"마녀를 찾아라! 집시 계집애를 잡아 죽여라!"

기병들이 외치는 소리가 배 위에까지 들려왔다.

배는 강 위쪽으로 빠른 속도로 올라갔다. 마침내 배가 강둑에 닿았다.

'에스메랄다와 염소와 같이 잡히는 날엔 목이 달아나리라. 모두 다 구한다는 건 위험해.'

그랭구아르는 에스메랄다를 놔 두고 가기로 마음먹었다.

에스메랄다는 검은 옷을 입은 남자의 부축을 뿌리치고 혼자 배에서 뛰어내렸다. 그런데 문득 정신을 차리고 보니 검은 옷을 입은 복면의 남자와 단 둘만 남았다. 에스메랄다는 이상하여 사방을 두리번거렸다. 그랭구아르는 염소와 함께 어디론가 사라지고 없었다.

그녀는 검은 옷차림의 남자와 단 둘이 된 것이 몹시 두려웠다. 검은 옷을 입은 복면의 남자는 그녀의 손목을 움켜잡고 강기슭으로 걸었다. 에스메랄다는 손목을 뺄 힘조차 없었다. 복면을 한 남자는 여전히 말이 없었다.

그들은 곧 광장에 이르렀다. 그곳은 교수대가 세워진 그레브 광장이었다. 그 남자는 그제야 걸음을 멈추고 두건을 벗었다.

"난 처음부터 당신인 줄 알았어요."

에스메랄다는 온몸이 굳어졌다. 검은 옷의 그 남자는 바로 클로드 부주교였다. 달빛에 비친 그의 모습은 유령처럼 보였다.

"이젠 단 둘뿐이오. 여기는 그레브 사형 집행장이오. 운명의 신이 우리 둘을 여기에 서게 했소. 그러니 내 말 잘 들어요. 앞으로는 절대로 페뷔스라는 이름을 꺼내면 안 되오. 만일 그 이름이 당신의 입 밖으로 나온다면 나는 아주 무서운 일을 저지를 것이오."

클로드 부주교의 말은 짤막짤막 끊어져 나왔고, 목소리는 갈수록 낮아졌다.

"최고 법원은 당신을 다시 교수대로 보내도록 결정을 내렸소. 그래서 당신을 구출해 냈소. 저길 봐요. 기병들이 당신을 뒤쫓고 있지 않소."

클로드가 손으로 가리키는 곳에는 아직도 에스메랄다를 수색하고 있는 모습이 보였다. 횃불을 든 기병들이 달리는 소리가 들려왔다.

"난 당신을 사랑하오. 당신을 살려 낼 수 있소. 난 모든 준비를 갖추고 있소."

클로드 부주교는 에스메랄다의 손목을 급히 끌고 교수대 밑으로 갔다.

"자, 교수대와 나, 둘 중 어느 쪽을 택하겠소?"

에스메랄다는 클로드 부주교의 손을 뿌리쳤다.

클로드 부주교는 두 손으로 얼굴을 가렸다.

에스메랄다는 클로드의 울음소리를 들었다. 클로드 부주교가

운 것은 태어나서 처음 있는 일이었다. 부모님이 돌아가셨을 때도, 동생 프롤로가 죽었을 때도 눈물을 흘리지 않았다.

"당신은 내가 왜 우는지 알 거요. 한 번만 사랑한다고 말해 주오. 아니, 내가 좋다고 한 마디만 하면 당신을 살려 주겠소. 당신의 생명은 내 손에 달렸소."

에스메랄다는 머뭇거리며 입을 열었다.

"당신은 용서 못할 살인자예요."

"그래, 난 살인자요. 당신을 가만 두지 않겠소. 당신은 죽거나 아니면 신부의 것이 되어야 하오. 당장 오늘 밤부터!"

클로드 부주교는 분노로 몸을 부들부들 떨며 에스메랄다를 껴안고 애원했다.

"당신은 살인자야!"

에스메랄다는 끝내 클로드 부주교의 손을 뿌리쳤다.

클로드 부주교는 에스메랄다의 마음을 결코 돌리지 못한다는 것을 깨달았다.

"나는 모든 걸 잃었소. 다 당신 때문이오. 이 마녀야, 지옥에나 떨어져라!"

클로드 부주교는 미친 사람처럼 날뛰었다. 이제 마지막이란 걸 아니까 더욱 화가 났다. 그는 에스메랄다를 끌고 롤랑 탑으로 갔다.

"귀뒬 수녀! 여기 집시 여자가 있으니 복수해요."

에스메랄다는 그의 말이 떨어지기가 바쁘게 창살 틈으로 나온 손에 팔꿈치를 잡혔다.

"꼭 붙들고 있어요. 도망가지 못하게. 난 가서 기병들을 불러 올 테니."

클로드 부주교는 밖으로 나갔다.

귀뒬 수녀가 큰 소리로 웃었다. 에스메랄다는 자기 팔을 잡은 사람이 귀뒬 수녀라는 것을 알았다. 겁에 질린 에스메랄다는 빠져나가려고 안간힘을 썼다.

"수녀님! 날 가엾게 여겨 주세요. 난 아무 잘못도 없어요. 더 구나 수녀님에게 아무 짓도 하지 않았어요. 난 여기서 죽고 싶 지 않아요."

"뭐라고? 잘못이 없다고? 넌 내 딸을 훔쳐 갔어. 내겐 예쁜 딸 이 하나 있었거든. 예쁜 이름의 아네스야."

에스메랄다는 귀뒬 수녀를 애원하는 눈빛으로 바라보았다.

"어머! 난 태어나기도 전의 일일 텐데요?"

"틀림없이 태어나 있었어. 내 딸이 살아 있다면 아마 네 또래 일 거야. 난 15년 동안 딸을 찾아 달라고 기도했어."

귀뒬 수녀는 우는지 웃는지 모를 소리를 했다.

동이 터 오기 시작했다. 기병의 말발굽 소리가 가까이 들려오는 듯했다. 에스메랄다는 공포에 떨었다.

"수녀님! 나를 잡으려고 기병들이 이쪽으로 오고 있어요. 제발 나를 놓아 줘요."

"내 아기를 내놓아라."

귀뒬 수녀가 실성한 듯 몸을 떨면서 외쳤다.

"수녀님은 어린아이를 찾고 있군요. 나는 부모님을 찾고 있는데……."

"내 딸 아네스를 내놓아라. 이 분홍 신을 봐라. 다른 한 짝이 있는 곳이라면 세상 끝까지 찾아갈 테다!"

귀뒬 수녀는 정말 미친 것 같았다. 분홍 신 한 짝을 흔들며 고래고래 소리를 질렀다.

"어머나!"

에스메랄다는 분홍 신을 보자 탄성을 질렀다. 그러고는 얼른 목에 걸고 있던 조그마한 주머니를 열었다. 이 분홍 신은 어머니가 자신과 헤어지면서 준 징표였다. 먼 훗날 어쩌면 만날지도 모른다는 희망에서였다. 에스메랄다도 어머니와 같은 생각으로 주머니 속의 분홍 신만은 꼭 지니고 있었다. 에스메랄다는 귀뒬 수녀의 분홍 신과 똑같은 분홍 신을 꺼냈다.

"오, 내 딸아!"

귀될 수녀는 에스메랄다의 분홍 신 한 짝을 보자 기쁨을 감추
지 못했다.

“오, 내 딸아! 내 딸아!”

“엄마!”

에스메랄다도 엄마라는 말이 저절로 터져 나왔다.

두 사람은 목이 메어 말을 잇지 못했다. 실로 오랜만에 만났지만, 그들 사이에는 창살이 가로막고 있었다.

부둥켜안아 보지도 못한 채 귀뒬 수녀는 딸의 얼굴과 머리카락을 쓰다듬기만 했다.

“딸을 만나고도 껴안아 보지 못하다니! 이리 가까이 와서 네 손을 다오. 귀여운 내 딸아! 네 손에 입맞춤을 하고 싶구나. 어쩜 이렇게도 귀엽니? 우리 고향에 돌아가면 성당의 아기 예수에게 이 조그마한 분홍 신을 신겨 주자꾸나. 우린 성모 마리아께 이 은혜를 꼭 갚아야 한다.”

그러다 귀뒬 수녀는 갑자기 두 손으로 창살을 거세게 흔들었다. 그러나 창살은 끄떡도 하지 않았다. 그녀는 베개로 사용하던 돌멩이로 창살을 힘껏 내리쳤다. 곧 창살 하나가 부러졌다. 귀뒬 수녀는 에스메랄다를 자기의 독방 안으로 끌어들였다.

“오, 내 딸아! 너를 구렁텅이에서 건져 주마.”

귀뒬 수녀는 에스메랄다를 번쩍 들어 올렸다가 내려놓았다. 그러고는 어린 아네스를 대하듯 품에 안고 입을 맞추고 노래를 불렀다. 좀 있다가는 깔깔 웃다가 눈물을 흘리기도 했다.

"오, 내 딸! 이런 기쁜 장면을 지켜 봐 줄 사람이 아무도 없단 말인가! 아름다운 내 딸. 하느님! 당신은 저를 15년 동안이나 기다리게 하시더니 이렇게 아름답게 키워 보내 주셨군요. 집시 여자들이 내 딸을 잡아먹은 게 아니었군요. 집시 여자가 바로 너였구나. 어쩐지 네 옆을 지나갈 때면 내 가슴이 두근두근했어. 네가 바로 내 딸이었기 때문에 그랬던 거로구나."

귀룃 수녀는 에스메랄다의 머리를 쓰다듬으며 품에 꼭 껴안았다.

바로 그때, 말발굽 소리가 가까이에서 들려왔다. 에스메랄다는 두려움에 떨며 엄마의 품에 안겼다.

"엄마! 저를 살려 주세요. 그들이 저를 잡으러 와요."

에스메랄다의 말에 귀룃 수녀의 얼굴이 새파래졌다.

"그렇지, 넌 쫓기고 있는 몸이지. 그런데 대체 무슨 죄를 지었니?"

"저도 몰라요. 그저 사형 선고를 받은 것밖에……."

"사형 선고를?"

귀룃 수녀는 그만 돌처럼 굳어져 버렸다.

"15년 만에 딸을 만났는데 겨우 1분밖에 볼 수 없게 되었구나.

딸을 내게서 빼앗아 가려 하다니. 어미인 내 눈앞에서……."

"이쪽입니다. 신부가 이 독방에 있을 거라고 했습니다."

말소리가 가까이서 들렸다.

"내 딸아! 어서 숨어라. 저들이 너를 잡아 죽이려고 한다. 내가 너를 놓쳤다고 할 테니, 어서 저 구석에 숨어라."

귀뒬 수녀는 에스메랄다를 독방 한 구석에 숨게 했다.

에스메랄다는 방 한 구석에 무릎을 꿇고 기도했다.

"저쪽이오, 페뷔스 대장!"

클로드 부주교의 목소리가 독방 옆을 스쳐갔다.

에스메랄다는 그리워하던 페뷔스의 이름을 듣는 순간 그 자리에서 일어나려고 했다. 붙잡히는 것은 시간 문제였다.

엄마 귀뒬 수녀가 그녀를 붙잡아 앉혔다. 귀뒬 수녀는 창문으로 내다보다가 재빨리 창을 막았다.

트리스탕이 층계를 올라오면서 물었다.

"귀뒬 수녀! 마녀를 붙잡아 놓았다면서요?"

"무슨 말인지 잘 모르겠는데요?"

귀뒬 수녀는 시치미를 뗐다.

"이런 빌어먹을, 부주교는 어디 있어? 거짓말을 했잖아."

"사라져 버렸습니다."

부하가 대답했다.

"마녀를 잡아 수녀에게 맡겼다던데?"

귀뒬 수녀는 딴전을 피웠다.

"아, 붙잡아 두라고 했던 그 여자 말이에요? 내 손을 물어뜯는 바람에 그만 놓쳐 버렸어요."

트리스탕은 다시 윽박질렀다.

"거짓말하면 어떻게 되는지 알아요? 내가 누구란 것도 알고 있겠지?"

"그건 내가 알 바 아니고. 달아난 걸 달아났다고 하는데 어쩌라는 거예요."

"어느 쪽으로 달아났나요?"

"저쪽으로 달아났어요."

귀뒬 수녀는 건너편을 가리켰다.

"철수!"

트리스탕의 명령에 기병들이 층계를 내려갔다.

"마녀의 목을 매다는 일은 근위대가 할 일이 아니야. 폭동 진압을 했으니 우리는 부대로 돌아간다."

페뷔스가 명령을 내렸다.

에스메랄다는 페뷔스의 목소리를 듣고 창문으로 달려갔다.

"페뷔스!"

에스메랄다는 미친 듯이 소리쳤다. 그러나 페뷔스는 이 소리를 듣지 못하고 가 버렸다.

"우리가 찾고 있던 마녀가 저기 있다!"

트리스탕이 에스메랄다를 발견하고 소리쳤다.

"아무도 없어! 나뿐이야!"

"당신이 아니라 집시 계집이나 내놓으시오."

귀뒬 수녀는 그 말에 머리를 설레설레 흔들었다.

"시치미 떼지 말라니까!"

트리스탕은 문과 벽을 부수고 들어왔다. 벽돌이 부서져 내리기 시작했다.

"저 마녀를 끌어내라."

트리스탕이 귀뒬 수녀를 보고 소리쳤다.

"내 딸은 죽어서는 안 된다. 이놈들, 하늘이 무섭지 않느냐?"

귀뒬 수녀는 기마병들을 노려보았다.

"빨리빨리!"

트리스탕은 악에 받친 귀뒬 수녀를 끌어내려 했다.

귀뒬 수녀는 쓰러지면서 발버둥을 쳤다.

"사람 살려! 불이야, 불!"

귀될 수녀는 목청껏 외쳤다.

"귀될 수녀가 미쳤군."

난데없이 불이야 하는 소리에 트리스탕과 기병들은 그렇게 생각했다.

에스메랄다는 마침내 끌려 나왔다.

"저 아이는 내 딸이오. 15년 만에 만난 소중한 내 딸이오. 하느님께서 가엾게 여겨 우리 모녀를 만나게 해 주셨어요. 내 딸은 죄가 없어요. 제발 내 딸을 살려 주세요."

귀될 수녀는 울부짖었다. 그러나 그 울부짖음은 트리스탕에겐 하나의 잠꼬대로만 들렸다.

"당장 해치워!"

트리스탕의 날카로운 소리가 들려왔다.

에스메랄다가 끌려 나갔다. 귀될 수녀도 딸의 옷자락을 잡고 질질 끌려갔다.

날이 훤하게 밝아 왔다. 광장에는 벌써 많은 사람들이 모여들었다. 에스메랄다는 교수대 밑으로 끌려갔다. 트리스탕은 말을 타고 사람들을 교수대에서 멀리 쫓아냈다. 거드름을 피우는 그의 모습은 눈살을 찌푸리게 했다.

에스메랄다는 몸을 떨었다. 앙리에 쿠쟁은 에스메랄다를 둘러메고 운명의 사다리 앞에 가서 발걸음을 멈추었다. 죄인을 죽이는 일이 그의 직업이었지만, 에스메랄다가 퍽 애처로워 보였다. 교수대를 올려다본 에스메랄다는 발버둥을 치기 시작했다.

"안 돼요. 싫어요!"

그때 어머니 귀될 수녀는 벌떡 일어나 앙리에 쿠쟁의 손을 물어뜯었다. 앙리에 쿠쟁은 비명을 질렀다.

기병들이 달려와 귀될 수녀를 넘어뜨리고 사정없이 발로 걷어찼다. 귀될 수녀는 넘어져서 일어나지 못한 채 그만 숨을 거두었다.

앙리에 쿠쟁은 다시 에스메랄다를 업고 사다리를 올라갔다.

사라진 영혼들

카지모도는 에스메랄다의 일을 전혀 알 수 없었다. 그런데 에스메랄다의 방에 가 보고서야 깜짝 놀랐다.

'이건 누군가가 납치한 거야.'

카지모도는 이렇게 생각하고 성당 안을 헤매고 다녔다. 성당 안은 사람 하나 없이 적막했다. 카지모도는 더욱 실망하여 벽에다 머리를 박기도 했다.

'바로 그 사람이야.'

카지모도는 에스메랄다를 데려간 사람이 클로드 부주교라는 생각이 들었다. 클로드 부주교라고 생각하니 그만 맥이 풀렸다. 혼자 속을 끓일 수밖에 없었다. 카지모도는 성당 옥상으로 올라갔다. 노트르담의 난간 모퉁이를 걸어가는 그림자 하나가 보였다. 클로드 부주교였다.

클로드 부주교는 카지모도를 거들떠보지도 않고 탑으로 올라가는 층계로 사라졌다.

카지모도는 클로드 부주교의 뒤를 밟았다. 클로드 부주교는 난간에 기대어 시가지를 바라보고 있었다. 뭔가 딴 데 정신이 팔려 있는 듯했다.

'에스메랄다를 어떻게 했습니까?'

카지모도는 이렇게 묻고 싶었다. 그러나 입이 떨어지지 않았다. 카지모도가 클로드 부주교의 눈길이 머문 곳을 따라가 보았다. 그곳은 그레브 광장이었다.

그제야 카지모도는 클로드 부주교가 무엇을 보고 있는지를 알았다. 광장에는 많은 사람들과 기병들이 모여 있었다. 교수대 아래엔 사다리가 놓여 있었다. 한 남자가 사람 같은 것을 질질 끌고 가는 게 보였다. 확실하게 보지 못한 것은 방금 떠오른 눈부신 햇빛 때문이었다.

카지모도는 남자가 사다리로 올라가는 것을 보고서야 그자가 어깨에 둘러멘 것이 에스메랄다란 사실을 알았다. 밧줄 끝에 대롱거리는 에스메랄다의 모습은 너무도 애처로웠다.

밧줄이 에스메랄다의 목을 옭아매기 시작했다.

'안 돼!'

카지모도의 눈이 뒤집힐 것만 같았다. 분노의 불길이 이글이글 타고 있었다. 카지모도는 클로드 부주교를 힘껏 떠밀었다.

"으악!"

클로드 부주교는 비명을 질렀다. 순간적인 일이었다. 클로드 부주교는 난간 아래로 떨어지다가 홈통에 걸렸다. 클로드는 악착같이 매달려 살려고 발버둥쳤다.

카지모도는 광장을 향해 눈길을 옮겼다. 클로드 부주교가 구해 달라고 손을 내밀었지만 카지모도는 못 본 척했다.

홈통은 발붙일 곳이 없었다. 아래는 바로 아득한 낭떠러지라 잘못하면 밑으로 떨어져 꼼짝없이 죽게 된다. 홈통에 걸린 클로드 부주교는 움직일 때마다 옷이 찢어졌다. 그의 대머리에는 땀이 줄줄 흘렀고, 그의 손톱은 긁혀 피가 흘렀다. 클로드 부주교는 살려고 안간힘을 썼다. 홈통의 끝이 부러지려고 했다.

클로드 부주교는 그렇게 버둥거리다가 손에 힘이 없어져 그만 아래로 떨어지고 말았다. 다행스러운 일인지 클로드 부주교는 어느 지붕 위로 떨어졌다. 그러나 기와가 빠지면서 그의 몸은 그대로 미끄러져 길바닥으로 떨어졌다. 그의 몸은 벌써 굳어

져 움직이지 않았다.

에스메랄다는 아직도 밧줄에 매달려 대롱거리고 있었다. 카지모도는 에스메랄다가 고통을 못 이겨 몸부림치는 게 틀림없다고 생각했다.

이윽고 카지모도는 고개를 숙여 아래를 내려다보았다. 클로드가 꼼짝 않고 뻗어 있었다.

"오, 내가 사랑하던 모든 것이 다 사라졌네!"

카지모도는 혼자 중얼거리며 발길을 돌렸다.

그날 저녁, 클로드 부주교의 시체가 치워졌다.

카지모도는 벌써 자취를 감추었다.

이 처참한 사건에 대해 소문은 꼬리를 물고 나돌았다.

"클로드 부주교의 죽음은 카지모도의 마술 때문이야. 그의 영혼을 가져가면서 육체를 부숴 버린 거야."

이런 소문 때문에 클로드 부주교는 성지에 묻히지 못했다.

에스메랄다가 교수형에 처해진 다음 날, 그녀의 시체는 몽포콘 지하실로 옮겨졌다. 이곳은 형장의 이슬로 사라진 죄인들의 시체를 놓아두는 곳이었다.

에스메랄다가 형장의 이슬로 사라진 지 일 년 반이 지난 뒤였다. 매우 놀랄 만한 일이 벌어졌다. 사형을 당한 왕실 이발사 올

리비에의 시체가 이곳에 놓여 있었다.

"죄인이기는 하나 그의 공을 생각해서 장례를 성대하게 치러
주어라."

샤를 8세가 이발사의 공을 높이 사 특별히 장례를 치르도록
하였다. 루이 11세는 얼마 전에 세상을 떠났다. 그 뒤를 이은 왕
이 바로 샤를 8세였다.

시종들이 올리비에의 시체를 거두러 몽포콘 지하실로 갔다.

"아니, 이게 어찌 된 일이지?"

시체를 거두러 간 사람들의 눈이 휘둥그레졌다.

"저것 좀 보게나."

손으로 가리키는 곳에 기묘하게 얼싸안은 한 쌍의 유골이 있었다.

"아이고, 무서워!"

모두들 놀라 얼싸안은 시체에서 눈길을 떼지 못했다.

뼈만 남은 두 시체 가운데 하나는 여자였고, 또 하나는 남자였다. 여자 시체의 목에는 조그마한 주머니가 걸려 있었다. 남자의 시체는 등뼈가 구부러져 있었고, 머리가 어깨 속에 들어가 있었다. 한쪽 다리가 다른 쪽 다리에 비해 짧았고, 목뼈가 조금도 상하지 않았다. 이로 미루어 보아 남자의 시체는 교수형을 당하지 않은 게 분명했다. 이곳에 와서 죽은 남자의 시체가 틀림없었다.

뼈만 남은 두 시체는 얼마나 힘있게 끌어안았는지 떼어 놓을 수가 없었다. 억지로 떼어 놓으려고 했더니 뼈만 남은 시체는 그만 가루가 되고 말았다. 🌼

● **이해 능력 Level Up!**

1. 이 작품을 쓴 작가는 누구인가요?

    1) 괴테   2) 셰익스피어   3) 허밍웨이

    4) 톨스토이   5) 빅토르 위고

2. 위 작가의 또 다른 대표작은 무엇인가요?

    1) 제인 에어   2) 노인과 바다   3) 레 미제라블

    4) 데미안   5) 좁은 문

3. 다음 밑줄 친 날은 언제인가요?

이날은 온 파리 시민을 들뜨게 하는 성당의 축제일이다. 파리 시민들은 아침부터 축제에 대한 기대로 한껏 부풀어 있었다. 해마다 공현절이면 시내 광장에서는 불꽃놀이가 벌어지고, 각 성당에서는 식목제가 열린다.

    1) 1482년 1월 6일   2) 1482년 12월 6일

    3) 1842년 6월 6일   4) 1842년 1월 16일

    5) 1842년 12월 16일

4. 다음 중 종교극이 제대로 공연되지 못하게 된 원인으로 바르지
   않은 것은 무엇인가요?
   1) 클로팽의 구걸　　　　　　　2) 에스메랄다의 출현
   3) 카지모도의 훼방　　　　　　4) 공연 중간에 도착한 귀빈들
   5) 코프놀의 가장 교황 선발 제안

5. 종교극의 대본「성모 마리아의 훌륭한 심판」을 쓴 사람은 누구인
   가요?
   1) 클로드 부주교　　　　2) 클로팽　　　　　3) 카지모도
   4) 페뷔스　　　　　　　5) 그랭구아르

6. 다음 설명은 누구에 대한 것인가요?

   그는 얼굴뿐 아니고 온몸 전체가 일그러져 있었다. 곤두선 붉은 머리
   털, 어깨 사이에 달린 커다란 혹, 심하게 뒤틀린 다리, 커다란 발, 괴물
   같은 손등은 마치 부서진 거인의 몸 조각을 아무렇게나 짜맞추어 놓은
   것 같았다.

   1) 코프놀　　　　　　　　2) 그랭구아르
   3) 클로드 부주교　　　　　4) 카지모도
   5) 클로팽

7. 카지모도가 노트르담 성당에서 주로 하는 일은 무엇인가요?
   1) 미사 준비　　　2) 종지기　　　　　3) 청소
   4) 경비　　　　　5) 신부들의 식사 준비

8. 그랭구아르와 대화를 나누던 클로드는 밑줄 친 것과 같은 반응을 보입니다. 그 이유는 무엇일까요?

> "그 여자가 바로 제 아내올시다. 우리는 부부가 되었습니다."
> 그랭구아르의 말에 클로드는 눈이 휘둥그레졌다. <u>순간 그의 두 눈에 불길이 타오르는 듯했다.</u>

    1) 자신이 사랑하는 에스메랄다와 결혼했다는 말에 놀라서

    2) 그랭구아르는 다른 사람과 이미 결혼했기 때문에

    3) 에스메랄다가 다른 사람을 사랑하고 있다는 것을 알아서

    4) 그랭구아르는 결혼하면 안 되는 사람이어서

    5) 자기 허락을 받지 않고 결혼한 게 화가 나서

9. 카지모도가 소리를 못 듣는 귀머거리가 된 까닭은 무엇인가요?

    1) 어느 날 종탑에 떨어진 번개 때문에

    2) 선천적으로 귀머거리였기 때문에

    3) 노트르담 종지기였으므로 종소리에 고막이 터졌기 때문에

    4) 어려서 귓병을 심하게 앓았기 때문에

    5) 재판을 받는 도중 심한 고문을 받았기 때문에

10. 16년 전 버려진 어린 카지모도를 데려다 키운 사람은 누구인가요?

    1) 페뷔스   2) 클로팽   3) 그랭구아르

    4) 클로드 부주교   5) 프롤로

11. 이 작품의 등장인물에 대한 설명으로 바르지 않은 것은 무엇인 가요?

　　1) 프롤로 – 에스메랄다의 형식적인 남편

　　2) 클로팽 – 기적궁에서 생활하는 거지 패거리들의 우두머리

　　3) 귀될 – 에스메랄다의 친어머니

　　4) 카지모도 – 노트르담 성당의 종지기

　　5) 클로드 – 카지모도의 양아버지

12. 다음은 에스메랄다와 클로드 부주교의 대화입니다. 이 대화를 읽고 클로드가 페뷔스에게 느끼는 감정이 어떤 것일지 골라 보세요.

> "페뷔스 대장님!"
> 에스메랄다의 머릿속엔 페뷔스의 이름만 맴돌 뿐이었다.
> "그 이름만 들어도 불쾌하오. 그 너절한 녀석에게 당신을 빼앗길 수는 없소. 나는 당신을 사랑해요."
> 클로드 부주교는 몸부림치며 애원했다.

　　1) 동정심　　　　2) 존경심　　　　3) 사랑

　　4) 질투심　　　　5) 경쟁심

13. 카지모도는 처형장에서 에스메랄다를 구출하여 어디로 피신시 켰나요?

　　1) 기적궁　　　　2) 노트르담 성당　　　　3) 바스티유 궁전

　　4) 롤랑 탑　　　　5) 법원 재판정

14. 다음은 에스메랄다가 귀뒬 수녀와 만났을 때 일어난 일입니다.
 (   ) 안에 공통으로 들어갈 말은 무엇인가요?

> 이 (   )은 어머니가 자신과 헤어지면서 준 징표였다. 먼 훗날 어쩌면 만날지도 모른다는 희망에서였다. 에스메랄다도 어머니와 같은 생각으로 주머니 속의 (   )만은 꼭 지니고 있었다. 에스메랄다는 귀뒬 수녀의 (   )과 똑같은 분홍 신을 꺼냈다.

 1) 편지   2) 거울   3) 분홍 신
 4) 배냇저고리   5) 방울북

● 논리 능력 Level Up!

1. 카지모도가 가장 교황으로 뽑힌 이유는 무엇인가요?

_____

_____

_____

2. 카지모도가 에스메랄다를 사랑하게 된 사건은 무엇인가요?

_____

_____

_____

3. 롤랑 탑에 갇힌 귀튈 수녀가 밑줄 친 것처럼 소리친 이유는 무엇일까요?

> 그때 누군가 에스메랄다에게 큰 소리로 욕설을 퍼부었다.
> "썩 꺼지지 못해, 이 집시 계집애야!"
> 캄캄한 광장 구석에서 날카롭게 터져 나온 목소리의 주인공은 뜻밖에도 여자였다.

4. 가장 교황 선발식은 그 당시 사람들에게 어떤 의미가 있었나요?

5. 카지모도가 가장 행렬을 하던 중에 다음과 같이 행동한 이유는 무엇인가요?

> 그때 누군가가 달려와 카지모도의 금빛 지팡이를 낚아챘다. 대머리 부주교 클로드 프롤로였다. 카지모도는 대머리 남자를 보자 가마에서 뛰어내려 얼른 그 앞에 가서 무릎을 꿇었다.

6. 카지모도가 성당에 침입한 불량배들과 한판 싸움을 벌인 이유를 써 보세요.

7. 다음은 에스메랄다와 그랭구아르의 대화입니다. 각 (   ) 안에 들
   어갈 말은 무엇인가요?

"(   )이라는 게 어떤 것인지 아시오?"
"그것은 오누이 같은 거예요. 두 마음이 서로
섞이지 않고 마주 닿는 것이죠."
"그럼 (   )은요?"
"그건 둘이면서 하나가 되는 것이죠."

8. 집시 처녀 에스메랄다가 근위대장 페뷔스를 사랑하게 된 이유는
   무엇인가요?

9. 다음은 카지모도가 재판을 받을 때 일어난 일입니다. 이런 일이
   일어난 것은 무엇 때문일까요?

"넌 뭘 잘못했기에 여기에 끌려왔느
냐?"
"카지모도라 합니다."
카지모도는 자기의 이름을 묻는다고
생각했다. 그의 엉뚱한 대답에 방청
객들은 또 한 번 웃음보를 터뜨렸다.
"아니, 네가 시장인 나를 조롱하는 거냐?"
시장이 버럭 화를 냈다.
"노트르담의 종지기입니다."

10. 성당에 버려진 어린아이 카지모도를 데려다 키우겠다고 나선 사
    람은 아무도 없었습니다. 그 이유는 무엇이었나요?

_____

_____

_____

_____

11. 염소 잘리가 리스 아가씨 집에서 다음과 같은 행동을 할 수 있었
    던 것은 무엇 때문인가요?

> • 염소는 금빛 발굽으로 글자 조각들을 골라 하나의 낱말을 만들었다.
> • 방바닥에는 '페뷔스'라는 글자가 만들어져 있었다.

_____

_____

_____

_____

12. 클로드는 그랭구아르가 에스메랄다의 손도 잡지 못했다고 하자 그 말을 믿어도 되냐고 물었습니다. 그러자 그랭구아르는 다음과 같이 대답합니다. 밑줄 친 것이 가리키는 것은 무엇인가요?

> "그럼요. 모두 사실입죠. 에스메랄다에게는 <u>세 가지 소중한 것이</u> 있습니다."

13. 페뷔스는 왜 다시 리스에게 돌아갔나요? 그것을 통해 페뷔스가 어떤 사람이라는 것을 알 수 있나요?

14. 에스메랄다는 왜 자신이 페뷔스를 죽였다고 했나요? 또 죄를 인정한
    에스메랄다에게 어떤 판결이 내려졌나요?

15. 에스메랄다가 공개 사과를 하기 위해 광장으로 끌려갈 때 밑줄 친
    것과 같은 반응을 보인 이유는 무엇인가요?

> 이때 에스메랄다의 눈초리가 한 곳에 꽂혔다. 신부들의 행렬에 클로
> 드 부주교가 있었다. 순간 에스메랄다는 피가 솟구쳐 오르고 분노의
> 불길이 타오르는 걸 느꼈다.

1. 버려진 카지모도의 흉측한 모습을 보고 다음과 같이 이야기하는 것을
   통해 어떤 것을 느낄 수 있나요?

> "저 아래 고아원에나 갖다 주면 모를까, 누
> 가 데려가겠어? 그나저나 젖을 물릴 유모
> 나 있을까? 나 같으면 차라리 흡혈귀에게
> 젖을 물리겠어."
> 모두 얼굴을 찌푸리며 말할 뿐, 어린아이를
> 데려갈 사람은 나서지 않았다.

2. 에스메랄다의 재판에 대해서 여러분은 어떻게 생각하는지 써 보세요.

3. 귀틸 수녀의 죽음에 대해 생각해 보고, 여러분이 어머니로부터
   느꼈던 모성애에 대한 경험을 이야기해 보세요.

4. 다음 글을 읽고 클로드 부주교가 에스메랄다를 사랑하는 방식에
   대해 비판해 보세요.

> "난 당신을 사랑하오."
> 에스메랄다는 그가 느닷없이 쏟아 낸 말에 어리둥절하기만 했다.
> 너무도 어이없는 말이어서 한참 동안 말을 잇지 못했다.
> 클로드 부주교는 에스메랄다 앞에 무릎을 꿇었다.
> "무슨 사랑이 이런가요?"
> "저주받을 사랑이라 그렇지."

5. 염소 잘리는 에스메랄다가 기쁠 때나 슬플 때 늘 함께 있어 주었습니다. 여러분은 동물과 우정을 나눈 경험이 있나요? 동물과의 사랑과 우정에 관한 여러분의 생각을 적어 보세요.

6. 다음은 에스메랄다를 만난 페뷔스의 행동을 나타낸 글입니다. 페뷔스의 행동에 대해 비판해 보세요.

"페뷔스!"
에스메랄다는 다시 외쳤다. 그러나 페뷔스는 에스메랄다의 소리를 못 들었는지 눈길을 돌리지 았다. 아니, 일부러 돌리지 않은 것이다. 에스메랄다와의 관계가 들통날까 봐 겁이 나서였다. 그는 오히려 눈살을 찌푸렸다.

7. 카지모도가 에스메랄다에게 밑줄 친 것과 같이 말한 이유는 뭔지 이야기를 해 보세요. 그리고 여러분이 카지모도라면 사랑하는 사람 앞에서 어떻게 행동했을지도 함께 생각해 보세요.

"들어오세요. 괜찮아요."
"<u>안 돼요. 부엉이는 종달새의 둥지에 절대 들어가지 않는 법이에요.</u>"
카지모도는 그저 슬슬 피하기만 했다.

8. 집시 여자 에스메랄다는 멸시와 천대를 받으며 살아왔습니다. 혹시 여러분 주변에 어려운 형편 때문에 고통받는 친구들은 없나요? 여러분은 그들에게 어떻게 대했나요? 그리고 그들을 위해 어떤 노력을 할 수 있을까도 생각해 보세요.

9. 양복점 주인 코프놀은 추기경 앞에서도 기죽지 않는 당당한 모습으로 사람들의 관심을 끕니다. 나보다 강한 사람 앞에서 기죽지 않고 소신대로 행동하기란 쉬운 일이 아니기 때문에 그의 행동은 더욱 박수를 받았던 것입니다. 여러분은 자신보다 강한 사람 앞에서 약해지고 비굴해지나요, 아니면 꿋꿋하게 자신의 주장을 펼치나요? '진정으로 강한 것'이란 주제로 글을 써 보세요.

10. 몽포콘 지하실에서 다음과 같은 시체가 발견됩니다. 글을 읽고 그 시체가 누구이며 이를 통해 무엇을 느꼈는지 써 보세요.

> 뼈만 남은 두 시체 가운데 하나는 여자였고, 또 하나는 남자였다. 여자 시체의 목에는 조그마한 주머니가 걸려 있었다. 남자의 시체는 등뼈가 구부러져 있었고, 머리가 어깨 속에 들어가 있었다. 한쪽 다리가 다른 쪽 다리에 비해 짧았고, 목뼈가 조금도 상하지 않았다.

 풀이

이해 능력 Level Up!

1. 5)　　　2. 3)　　　3. 1)　　　4. 3)　　　5. 5)

6. 4)　　　7. 2)　　　8. 1)　　　9. 3)　　　10. 4)

11. 1)　　　12. 4)　　　13. 2)　　　14. 3)

논리 능력 Level Up!

1. 가장 교황에 선발되기 위해 일부러 추하게 찡그린 어떤 얼굴들보다도 카지모도의 본래 모습이 더 일그러져 있었기 때문에

2. 그레브 광장 형틀에 묶여 모진 고문을 당하던 카지모도에게 에스메랄다가 마실 물을 입에 대 준다. 이로 인해 카지모도는 평생 그녀에 대한 사랑을 간직하게 된다.

3. 집시가 자신의 딸을 유괴했다고 생각해 집시라면 누가 되었든 미워했기 때문에

4. 종교의 엄격함과 교황의 권위에서 벗어나 자유롭고자 하는 그 당시 사람들의 마음이 잘 나타난 행사였다.

5. 버려진 카지모도를 양자로 삼아 키워 준 클로드 부주교를 아버지처럼 존경하고 두려워했기 때문에

6. 교수형에 처하게 된 에스메랄다를 구출하여 성당 안으로 피신시킨 카지모도는 불량배들이 침입하여 에스메랄다를 해치려 한다고 생각했다.

7. 우정, 사랑

8. 에스메랄다를 납치하려던 카지모도 일행으로부터 그녀를 구해 준 사람이 근위대장 페뷔스였다. 그 후 자기를 지켜 줄 수 있는 남자를 사랑하겠다는 환상 속에서 페뷔스만을 사랑하게 되었다.

9. 카지모도가 귀머거리였기 때문에

10. 카지모도는 곱사등에 다리는 비틀려 있었고, 머리는 양 어깨 사이로 푹 들어가 있었다. 건강한 아이라도 남의 아이를 데려다 키우는 것은 쉽지 않은 일인데, 그런 흉측한 모습의 아이를 데려다 키울 자신이 없었기 때문이다.

11. 에스메랄다가 페뷔스를 동경해 나무 조각으로 된 알파벳 글자를 가지고 '페뷔스'라는 낱말을 만들도록 가르쳤기 때문이다.

12. 첫째는 에스메랄다를 보호하고 있는 이집트 노인이고, 둘째는 에스메랄다를 따르는 무리들이며, 셋째는 누군가 자신을 해코지할 때 쓰기 위해 갖고 다니는 단도이다.

13. 리스가 에스메랄다만큼 아름답진 않았지만 잘사는 집안의 딸이었기 때문이다. 그는 현실적인 사람이며, 진정한 사랑보다 당장 자신이 편한 것을 더 중요하게 생각하는 사람이다.

14. 검사의 혹독한 고문을 견뎌 낼 수 없어 거짓으로 페뷔스를 죽였다고 했다. 그 죄로 벌금형과 함께 공개 사죄의 벌이 내려졌고, 염소와 함께 처형을 당할 위기에 놓이게 되었다.

15. 클로드 부주교가 자신을 사랑하는 페뷔스를 죽였다고 생각했기 때문에

논술 능력 Level Up!

1. 예시 : 아무리 흉측한 얼굴을 하고 있어도 하나의 인격체인데, 얼굴만을 보고 사람을 판단하는 것은 옳지 못하다. 겉으로 드러나는 외모나 지위보다 그 사람이 지닌 마음이 더 중요하다. 그렇지만 사람들은 그런 사실을 종종 잊는 것 같다. 누구에게나 똑같은 마음을 가질 수 있도록 노력하는 것이 필요하다.

2. 예시 : 집시라는 비천한 신분의 에스메랄다는 그녀가 사랑하는 페뷔스를 살해했다는 누명을 쓰고 재판을 받게 된다. 그러나 죽은 줄로만 알았던 페뷔스는 자신의 위신과 체면 때문에 어려움에 처한 에스메랄다를 외면했다. 그런데도 그가 살아 있다는 사실은 그녀의 재판에 아무런 영향을 주지 않았다. 그 당시의 재판은 죄인을 처벌하기만 하면 그만이었기 때문에 모진 고문으로 죄 없는 에스메랄다를 억지로 자백시키기에 이르렀다. 또한 에스메랄다가 진짜 범인인 클로드 부주교를 고발하였더라도 아무도 그녀의 말을 믿어 주지 않았을 테니, 착하고 힘없는 에스메랄다는 급기야 마녀라는

누명을 쓰고 사형대에 오르게 되었다. 이것은 그 당시의 시대적 상황이 만들어 낸 어쩔 수 없는 비극적 결과였다.

3. 예시 : 사랑하는 딸 앞에서 죽음마저 두려워하지 않는 도성애를 보여 준 귀틸 수녀를 통해, 어머니의 사랑이 대단하다는 것을 느꼈다. 나도 항상 어머니의 사랑 안에서 올바로 자라고 있는 것을 느낀다. 우리 어머니는 팔에 큰 화상 흉터가 있는데, 내가 아기였을 때 끓는 물이 담겨 있는 그릇을 엎으려 하자 재빨리 나를 안아 올리고 대신 화상을 입은 것이라고 하셨다. 나는 그 흉터를 볼 때마다 어머니의 깊은 사랑을 새삼스럽게 느끼곤 한다.

4. 예시 : 노트르담 성당의 부주교인 클로드는 어느 날 아름다운 집시 처녀 에스메랄다를 본 순간부터 그는 자신에게 감추어져 있던 격렬한 욕망을 느끼게 된다. 그러나 페뷔스를 향한 에스메랄다의 사랑과 페뷔스에 대한 질투심으로 결국 그를 칼로 찌르는 죄마저 짓는다. 클로드 부주교는 에스메랄다에 대한 지나친 집착 때문에 남까지 파괴해 버리는 잘못을 저지른 것이다. 그런 것은 사랑이라고 할 수 없다. 진짜 사랑한다면 상대방이 원하는 대로 할 수 있게 도와 줘야 하고, 만약 다른 사람을 사랑한다면 가슴은 아프지만 잘되기를 축복해 줘야 한다고 생각한다.

5. 예시 : 수백 리 길을 달려 주인을 찾아온 개의 이야기라든지 온몸을 던져 불구덩이 속에서 주인을 구한 개 이야기 등 우리에게 감동을 주는 동물 이야기가 많다. 그런 예를 들지 않더라도 반려동물을 키우며 애정을 쏟고 한 가족처럼 지내는 사람들이 점점 늘어나고

있다. 반려동물은 정성을 쏟으면 주인에게 조건 없이 사랑을 주기 때문이다. 나도 강아지를 키우고 있는데, 시간이 갈수록 자신이 가족의 한 사람이라고 믿고 언제나 변함없는 모습을 보여 주는 강아지의 모습에 커다란 애정을 느낀다. 그렇기 때문에 사람과 동물 사이에 충분히 사랑과 우정을 나눌 수 있다고 생각한다.

6. 예시 : 페뷔스는 자신 때문에 에스메랄다가 억울한 누명을 쓰고 목숨을 잃을 위기에 처했는데도 불이익을 당할까 봐 걱정하기만 했다. 그리고 자신에게 안정적인 행복을 가져다 줄 리스와 아름다운 에스메랄다를 저울질하기도 한다. 이런 행동을 볼 때 페뷔스는 약삭빠르고 이기적이며 진정한 사랑을 모르는 사람이라고 할 수 있다.

7. 예시 : 카지모도는 자신의 몸이 불구이며 흉측하다는 사실에 절망하여 다른 사람에게 마음을 열지 못한 채 평생을 살아왔다. 에스메랄다는 비록 사형 선고를 받아 성당에 피신해 있었지만 그가 사랑하기엔 너무 고귀한 여자였다. 부엉이는 울음소리가 듣기 좋지 않은 새이다. 그렇기 때문에 아름다운 소리를 내는 종달새 둥지에는 들어가지 못한다. 카지모도는 자신 같은 처지에 어찌 감히 에스메랄다를 마음에 품을 수 있을까 생각해 가까이 다가가지 못했던 것이다. 만약 내가 카지모도의 입장이라면 마찬가지로 숨어서 지켜만 보고 다가가지 못했을 것이다. 상대방이 나를 싫어하면 어쩌나 하는 걱정 때문이다. 그냥 멀리서 지켜보는 것만으로 만족할 것 같다.

8. 예시 : 주위를 돌아보면 학원을 다니고 싶어도 다니지 못하는 친구들이 있다. 또 부모님이 안 계신 친구들도 있다. 먹을 것이 없어 굶주리는 친구들이 있다. 나는 가끔 에스메랄다를 대하는 사람들처럼 그 친구들을 무시한 적이 있다. 이 작품을 읽으면서 많은 반성을 했다. 그리고 앞으로 어려운 친구들이 있으면 다른 친구들에게 알리거나 해서 조금이나마 도울 수 있는 길을 찾아봐야겠다고 생각했다.

9. 예시 : 대개의 사람들은 자신보다 약한 사람 위에 군림하고 싶어한다. 반대로 가진 것이 많고 배운 것이 많고 지위가 높은 사람 앞에서는 한없이 낮아지게 마련이다. 나도 가끔 힘이 센 친구 앞에서는 기가 죽을 때가 있다. 진정으로 강한 것이란 눈에 보이는 것이 전부는 아니다. 힘이 센 것도, 공부를 잘하는 것도 아니라 여유와 자신감에서 나오는 것 같다. 마음이 여유롭고 자신감이 있으면 다른 사람이 강해 보여도 기가 죽지 않을 테고, 다른 사람을 존중하는 마음이 생길 것 같다.

10. 예시 : 몽포콘 지하실에서 나온 유골 가운데 하나는 목에 조그마한 주머니가 걸려 있는 것으로 보아 에스메랄다임을 알 수 있다. 여자의 유골을 끌어안고 있는 남자의 유골은 등뼈가 굽고 한쪽 다리가 짧은 것으로 보아 카지모도임을 짐작할 수 있다. 카지모도는 에스메랄다를 너무나 사랑했기 때문에 그녀의 시체 옆에서 스스로 죽음을 맞이했던 것이다. 보잘것없는 외모와 장애를 지녔지만 누구보다도 순수한 마음을 지닌 카지모도에게서 참된 사랑이 무엇인지 깨달을 수 있었다.

초등학생이 꼭 읽어야 할 세계 명작 시리즈